キャシー・ジェトニル＝キジナー

開かれたかご

マーシャル諸島の浜辺から

一谷智子訳

みすず書房

IEP JĀLTOK

Poems from a Marshallese Daughter

by

Kathy Jetn̄il-Kijiner

First published by the University of Arizona Press, 2017

本書を母に捧げる。
最初にして最大かつ無限のインスピレーションの源である母へ。

目次

開かれたかご 1
かご 4
レクタグル 6
リウェトゥオンモウル 9
リレプレプジュ 11
海の遥か遠く 14
ヒストリー・プロジェクト 17
釣り針にかかって 18
Bといえば 25

ヒストリー・プロジェクト　26
フィッシュボーン・ヘア　36

ハワイから学んだこと　49

マキキ通りへの飛行　50
薔薇の花のいとこ　55
ローラ・インガルス・ワイルダーへ　57
ビアンカの弾ける笑顔　62
ブーブー・ネイエンと長椅子に腰かけて　67
ハワイから学んだこと　74
モンキー・ゲート　84
海で迷子　88
衝突事故　90
ベイでの最後の日々　95

伝えて

伝えて 97
マーシャル語の会話レッスン　第九回 98
ただの岩 100
アウル環礁での選挙運動 101
伝えて 109
ラベンダーの香りと海水の夢 117
ねぇ、マタフェレ・ペイナム 121
ジャーナリストがやってきた 129
摂氏二度 133
かご 142

解説 145
解説注 193
訳者あとがき 200

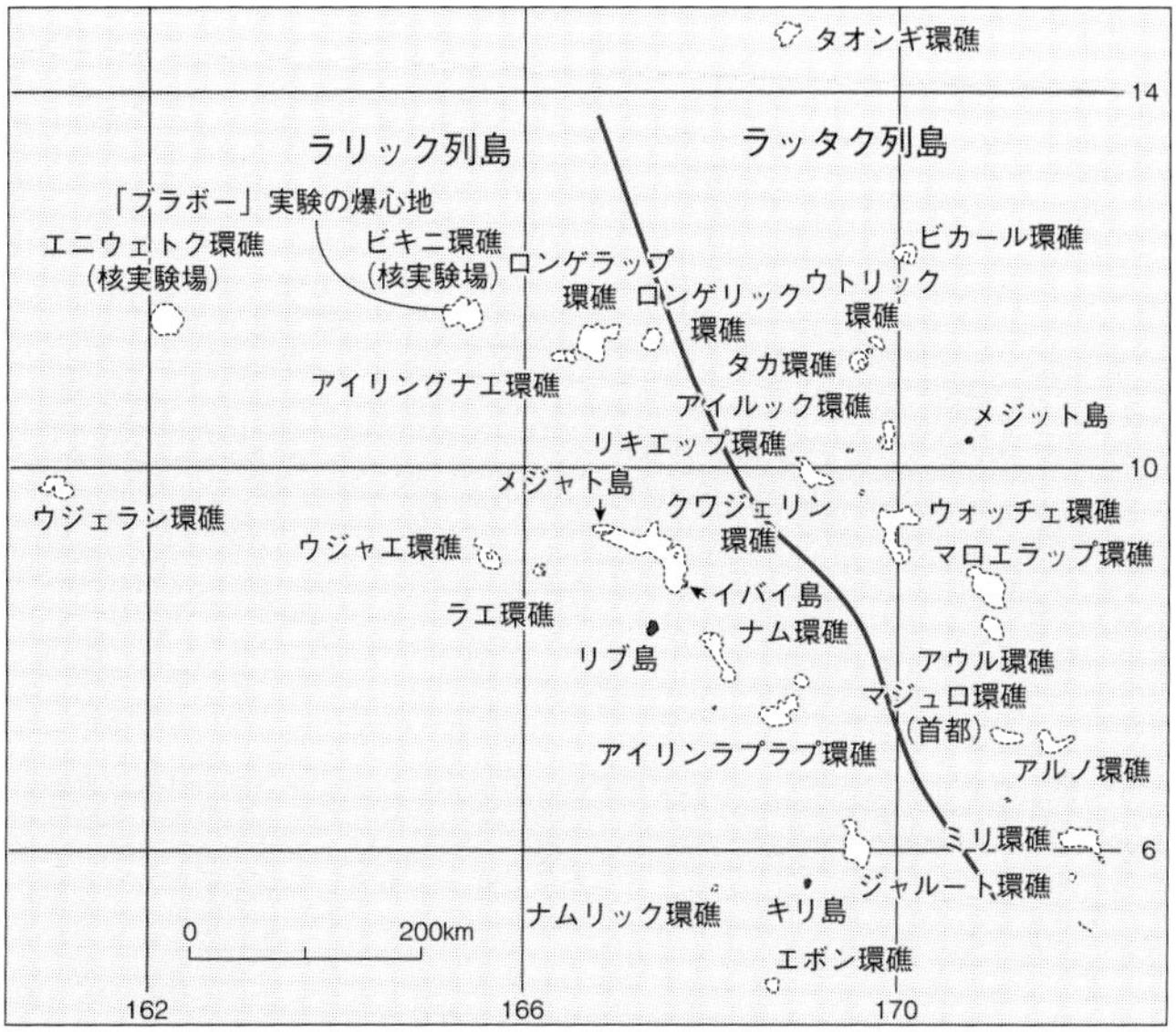

マーシャル諸島共和国（一部を除く）
中原聖乃・竹峰誠一郎著『核時代のマーシャル諸島——社会・文化・歴史、そしてヒバクシャ』（凱風社、2013 年）を参照して作成。

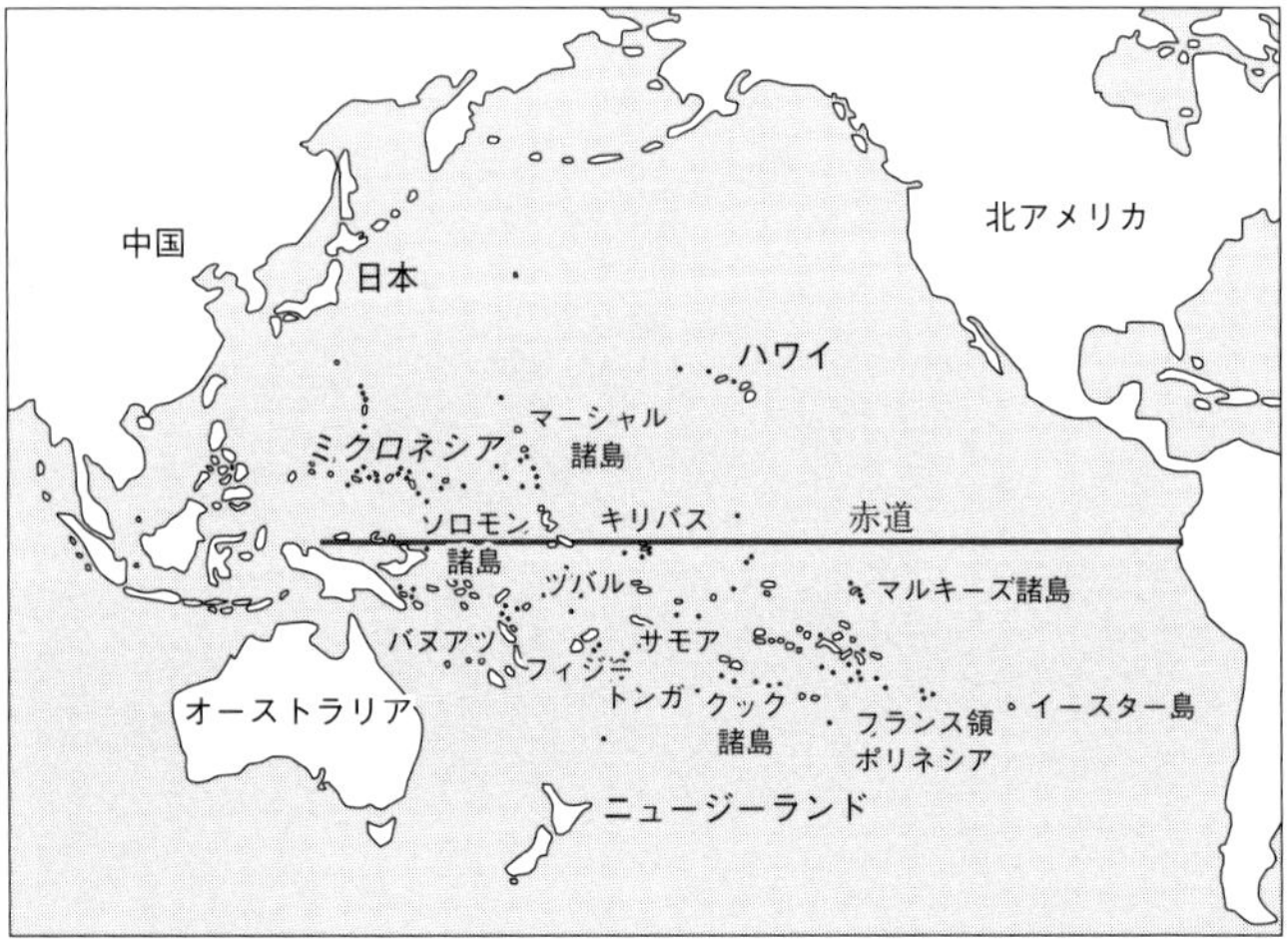
中国
日本
北アメリカ
ハワイ
マーシャル
諸島
ミクロネシア
ソロモン
諸島
キリバス
赤道
ツバル
マルキーズ諸島
バヌアツ
サモア
フィジー
トンガ
クック
諸島
フランス領
ポリネシア
イースター島
オーストラリア
ニュージーランド

環太平洋地図

開かれたかご

Iep Jāltok (yiyip jalteq)

「語し手に向けて開かれたかご」

女の子のことを指す。女の子は親族への恵みが詰まったかごの象徴である。マーシャル諸島の母系社会も意味する。

——マーシャル語・英語辞典

母はかつてわたしに言った。女の子は一族にとって豊かさの象徴なのだと。

「女の子が系譜を継いでゆくんだよ」

女よ、かごを傾けよ
テーブルに着いて
たっぷり蓄えた中身を
差し出すのだ

与えて
与えて
与え
尽くせ

底を突いて
器がすっかり
空っぽに
なったら？

その器は
ごみを
投げ入れる
屑かご
になる

眠りに落ちて
夢を見た

わたしの顔に
編み込まれた
その笑みは
ただの縁どり

かご

女よ、かごを傾けよ
テーブルに向けて
たっぷり蓄えた中身を
差し出すのだ

与えて
与えて
与え
尽くせ

母なる
大地

父なる
根っこ

あなたは

薄くて
乾いた
木の
葉っぱ

編まれるのを
待ちわびている

次の
かご

レクタグル*

I

帆が
マーシャル・カヌーを動かす

家族を養い
戦に繰り出し
土地を手に入れ
親族のもとを訪れる

帆は母からの
贈り物

* レクタグル　マーシャル諸島に初めて帆をもたらした伝説の女性。

II

1．さて、首長《イロージ》の妻レクタグルには、十人の息子がいた。息子たちはみなウォジャ島*に住んでいた。2．ある日、息子たちは言い争っていた。その声は稲妻のようで、木々に跳ね返って響き渡った。3．彼らは口々に言った。「誰がこの島の首長《イロージ》になるべきか？」4．長男のトゥムルが言った。「ジェー島*までカヌーで競争しよう、一番になった者が首長《イロージ》だ。」5．息子たちが浜辺に一列になって、木彫りのカヌーの先頭を太陽が飲み込まれていく海へと向けたとき、母親のレクタグルが歩み寄って来た。6．重そうな包みを抱えたレクタグルは尋ねた。「息子よ、わたしを乗せてくれないかい？」7．トゥムルは包みを見て答えた。「弟に頼むんだな。」8．するとその弟は、下の弟に頼むように言い、その弟もまた下の弟に頼むように言った。9．「母さんは足手まといになる。」10．上の息子たちはみな同じことを考えた。11．「チェブロに頼みなよ！」そう言って笑った。「奴は末っ子だからな。どっちにしても勝てっこないさ！」12．すると、渦巻く波を背にして、チェブロが言った。「いいよ母さん、僕が連れて行ってあげる。」13．兄弟たちは、木の櫂に食いついてくる海水に抗いながら、必死でカヌーを漕いだ。すると、末っ子のチェブロのカヌーに乗っていたレクタグルは立ち上がり、太陽が滑らかな光を放つように包みを開いた。14．「それは何？」チェブロが母親に尋ねた。15．「息子よ、よく見なさい。」レクタグルは言った。16．「これが帆と呼ばれるものだよ。」

＊ウォジャ島　アイリンラプラプ環礁の島の一つ。
＊ジェー島　アイリンラプラプ環礁の島で、ウォジャ島から最も遠い。

リウェトゥオンモウル

1. さて、リウェトゥオンモウル*とリレプレプジュ*は、火と海から生まれた姉妹だった。2. 二人は、ずっと昔にやって来た。3. 塩の手にひどくいたぶられたイピの土地からやって来た。4. ギラギラ輝く西の太陽に照らされながらこの地に辿り着いた。5. リウェトゥオンモウルとリレプレプジュ、由緒ある一族の首長《イロージ》の母たち。6. 真昼と黄昏の音を作り出す母たち。7. 血潮のなかに、星々や寄せる波に、姉妹は言葉を紡ぎ出した。8. 二人は女神と崇められていた。9. それにもかかわらず、ある宣教師は、吐き捨てるように言った。「岩、それ以上にあらず、石ころ、それ以上にあらず。」10. ライフ博士はリウェトゥオンモウルの石の体を海へと投げ捨てた。11. 気がつくと、リウェトゥオンモウルは飲み込まれていた、海のなかへと。12. リウェトゥオンモウルは、あてどなくどこまでも流されていった。波の下、海の底では、沈黙がこだましていた。13. すると、ライフ博士のカヌーの底が見えた。カヌーは向きを変えて遠ざかってゆく。14. リウェトゥオンモウルも向きを変えた。ぐるぐるかき混ぜて自分を生み出した大地のもとへと戻ることにしたのだ。15. 岸辺にやって来たあの宣教師があんなことを言ったからだった。16. ただの石に過ぎないと。17. リレプレプジュはたった一人になってしまった。18. 一人ぼっちになったリレプレプジュは怒りに打ち震えた。19. それを見た人びとは大声で何度も叫んだ。20. 島中を震わせるような声を張り上げて。21. Luerkolik ej no diuñ ña duireañ. Lidepdepju erbet inij eo. 22.「われらが犯した罪ゆえに、サンゴ礁がわれらを滅ぼそうとしている。彼女がわれらを一人残らず滅ぼそうとしている。リレプレプジュがわれらカヌーの舟団を滅ぼそうとしている」

＊リウェトゥオンモウル　ナム環礁のナム島にある石をめぐる伝説の女神。
＊リレプレプジュ　アウル環礁にある玄武岩をめぐる伝説の女神。

リレプレプジュ

リレプレプジュに会いに行こうよ
草の茂み、曲がりくねったパンノキ、
ねじれたタコノキを通り過ぎて
群がる蚊と赤蟻をピシャリと手で叩きながら
砂と土が爪先をくすぐるのを感じると
視界が開けて
海の轟《とどろき》が聞こえてくる

ほら

あれがリレプレプジュ
水の中にすっくと立っている
こちらの岸と

あちらの岸の間の
海底に
足を踏ん張って

リレプレプジュよ、これはあなたへの贈り物です——
作りたてのブウィロ*と魚の塩漬けが入ったかご
敷物《ジャキ》を整えるようにきれいにしてあげる
硬くなった岩肌をやさしくなでて
あなたに祈りを捧げ
導きを得るために
ここに来ました
どうかわたしたちを強くしてください

リレプレプジュよ、　あなたのもとに来ました

闘いに向けて、

読者カード

みすず書房の本をご購入いただき，まことにありがとうございます．

書　名

書店名

・「みすず書房図書目録」最新版をご希望の方にお送りいたします．

（希望する／希望しない）

★ご希望の方は下の「ご住所」欄も必ず記入してください．

・新刊・イベントなどをご案内する「みすず書房ニュースレター」（Eメール）をご希望の方にお送りいたします．

（配信を希望する／希望しない）

★ご希望の方は下の「Eメール」欄も必ず記入してください．

（ふりがな） お名前　様		〒
ご住所	都・道・府・県	市・郡 区
電話	（　　　）	
Eメール		

ご記入いただいた個人情報は正当な目的のためにのみ使用いたします．

ありがとうございました．みすず書房ウェブサイト https://www.msz.co.jp では刊行書の詳細な書誌とともに，新刊，近刊，復刊，イベントなどさまざまなご案内を掲載しています．ぜひご利用ください．

郵便はがき

料金受取人払郵便

本郷局承認

5391

差出有効期間
2024年3月
31日まで

113-8790

東京都文京区
本郷2丁目20番7号

みすず書房営業部
行

通信欄

(ご意見・ご感想などお寄せください.小社ウェブサイトでご紹介させていただく場合がございます.あらかじめご了承ください.)

槍を
研ぐために

＊ブウィロ　パンノキの実を発酵させて作るマーシャル諸島の伝統的な保存食。

海の遥か遠く

これは、わたしの曾祖父カール・ハイネが作った数ある歌のうち、「たったひとつの良き故郷」と題された歌の歌詞である。曾祖父は宣教師としてマーシャル諸島に滞在した際にこれを書いた。家族が集えば、わたしたちは今でもこの歌をよく歌う。上はわたしの母による英語訳の、下はマーシャル語の歌詞である。

海の遥か遠く
そのまた遥か向こうに
最愛の故郷がある
生まれた
その地を思い出す
子ども時代の
芳しい百合の花が咲き誇る家
生まれ育ったわが家

Ettoļọk ilikin ļọmeto
Eo ļọk wōt,
Ej pād aelōñ eo eṃṃan tata
Ijo iaar ļotak ie
Ij keememej ijo iaar bed ie
Ke iaar ajiri
Iṃweo iturin kiap ko rōnaaj
Ijo iaar ļotak ie

どんな場所にも代えられない
たったひとつの良き故郷
そこには
懐かしい友がいる

世界をさすらう
寂しさは募る
妹や弟のもとへ帰りたい
家族への思いがこみ上げる
わが母の声を聞く日は来るのだろうか
わが名を呼ぶあの声を
再び家族に会う日は来るのだろうか
あの故郷の地で

Aelōn̄ otemjej rōnana,
Juon wōt em̧m̧an
Jera men eļap aō on̄ kake
Bwe in lo aelōn̄ eo ao

Ke ij ito-itak ioon laļ in
Ij būrom̧ōj
In jepļaak n̄an ippan ro jatū
Im on̄ kōn ro nukū
N̄āāt inaaj ron̄ ainikien jinō
Kūr tok n̄an eō,
N̄āāt inaaj bar kweļo̧k im nukū
Ilo m̧weo im̧ō

Ettoļọk ilikin ļọmeto　カールおじいちゃんは海の園　*Eo ļọk wot, ej pād aeloñ eo eṃṃan tata*　フジツボの生えた口をパックリ開けて、瞬きもせずじっと見つめる、サンゴ礁の目のような巨大二枚貝を採る水の手をした文明　*Ijo iaar ļotak ie*　ドイツからオーストラリア経由で、東からの荒々しい海流に乗って　*Ij keememej ijo iaar pād ie*　ずぶ濡れの聖書を携えた耳障りな言葉を話す神父さまが流れ着いた　*Ke iaar ajiri*　使い古しのカヌーに乗った神父さま　*Iṃweo iturin kiap ko rōnaaj*　アルベラおばあちゃんは美しい人だったに違いない　*Ijo iaar ļotak ie*　顔は知らず声も聞いたことはないけれど、背が高くて長い髪が膝まであったそう　*Aelōñ otemjej rōnana*　一体どんな人だったんだろう、砂から生えてくるような彼女の野生の文学はどこに行ってしまったんだろう　*Juon wōt eṃṃan*　無理に無理を重ねて真っぷたつに引き裂かれたその身体から翼が生えて、アルベラおばあちゃんは消えてしまった　*Jera men eļap aō oñ kake*　おじいちゃんはおばあちゃんを、妻を失ってしまった　*Bwe in lo aelin eo ao*　一年かけてあちこち探し回るうちに　*Kei ij ito-itak ioon laļ in*　おじいちゃんはネニジおばあちゃんと出会った　*Ij būroṃōj*　ネニジおばあちゃんは、姉のアルベラおばあちゃんのようには美しくなかった　*In jeplaak ñan ippān ro jatū*　顔は知らず声も聞いたことはないけれど、背が低くて太い縮れ髪だったそう　*Im oñ kōn ro nukū*　影みたいに思わなかったのだろうか　*N̄āāt inaaj roñ ainikien jinō*　おじいちゃんが失ってしまったあの人の　*Kor tok no io*　おじいちゃんは使い古しのカヌー、別の環礁で神を求めて叫ぶ声を聞いた　*N̄āāt inaaj roñ ainikien jinō*　おばあちゃんはフジツボの生えた口、瞬きもせずに待ち続けているサンゴ礁の二つの目　*Ilo ṃweo iṃo*　いつも待ち続けている

ヒストリー・プロジェクト

釣り針にかかって

I

爆弾の雨が止んで
家屋があった場所に
炸裂した榴散弾の銀色の破片が降り積もって、
日本人とマーシャル人の黒焦げの死体が
残されたあとで

兵士らが脱走した夫を
裏切り者だと責め立てて
その妻の耳を撃ち落すのを
目撃したあとで

残り少なくなったココヤシの実を盗んだ咎《とが》で
首長が足首から紐で吊るしあげられて
打ちのめされるのを目の当たりにしたあとで

やがては漁が禁止され、闇に紛れて
息を殺し、礁原へと忍び込んだ夜、
指に握りしめた
禁じられた釣り針のような
弧を描く月が輝いていた
あの夜のあとで

夜の密漁も危険になって
こっそり捕ってくる魚を子どもたちも
いつしか求めなくなり、
やせ細って浮き上がったあばら骨が
グロテスクな笑みを
浮かべるようになったあとで

こんなことが起きたあとだったから
天国の神さまが贈り物を届けてくれたかのように
思えたに違いない
アメリカからの贈り物
目の前に現れた
光り輝く食べ物の塔
スパムの缶詰、ビスケット、
チョコレートバー、サラミ、キャンディの箱
そして米の袋が幾重にも積まれ
食されるのを待っている

彼は思い出す
その光景を見て
なんて美しいのだと
涙したことを

Ⅱ

それ以来、毎日のように彼は思い出す
今まで見たどの建物よりも
堆《うずたか》く積まれた食べ物の塔のことを

スパムをスライスして
フライパンでジュージューと焼き
インスタントラーメンが煮える鍋に醤油を垂らしながら
思い出す

ウィンナーソーセージの缶を開け
あたたかいごはんにかけたしょっぱい脂の風味と
空腹を満たすあの味を
思い出す

Ⅲ

やがて呼吸は苦しくなり
足の関節が痛んで
店まで歩くのも一苦労
腕に時々
鋭い痛みが走り
医者に足を

切断しなければならないと告げられた、
そのときでさえ

彼はどうしても
止められなかった
指に絡んだ脂を
舐めるのを
その指は依然として取り憑かれていたのだ

あの禁じられた
釣り針に。

Ⅳ

「どうしてやめないの」
「どうして聞いてくれないの」
「どうして医者が止めるものを
食べ続けるの」
子どもたちがいくら懇願しても

忙しなく
動く
彼の指は
止まることがなかった。

あの飢えを経験したから。
もう二度とあんな思いをするものかと。

Bといえば

baam (baham)。英語由来。2（不定詞、他動詞）3, 4, 6 (-i)。爆弾。例えば

Kobaam ke?

あなたは放射性降下物に

汚染されていますか？

ヒストリー・プロジェクト

十五歳の時わたしは決めた
マーシャル諸島の核実験についての
ヒストリー・プロジェクトに取り組むことを
自分に連なる歴史を学ぶ時がきた

本や記事やウェブサイトを
読み漁る
アメリカ軍がどのように
わたしの故郷の島を核実験のために利用したのか
丹念に調べる
ブラボー作戦
クロスロード作戦
アイビー作戦

軍事作戦と
核兵器のコードネームが並んだ一覧表を
「あそこにはたった九万人しかいない。
構うもんか」
そう語ったアメリカの指導者らの言葉を

怒ってなんかいない
こんなことはずっと前から知っていた

少年が映った一枚の写真が目に入る
皮膚が剝がれた手足を宙吊りにされている
まるで操り人形のよう
その横で白衣姿の研究者が
クリップボードに見入っている

ジェリーフィッシュ・ベイビーと呼ばれる赤ん坊を
産んだ人の証言を読む

皮膚がトマトのように赤く
骨のない小さな物体
語られなかった流産を
拙い翻訳が伝える
　「夫には決して言えませんでした
　わたしが悪いんだと思いました
　わたしのなかの
　何かが
　おかしいのだと
　思ったのです」

スナップ写真をパラパラとめくる
アメリカの海兵隊員と看護師らが
白い顔にふてぶてしい笑みを浮かべて
ビールをすすりながら
わたしたちの海岸で
ビーチボールを放り投げている

そして将官*の前であぐらをかいた
この島の先祖らが
彼の語るおとぎ話を聞かされている
　　「人類のため」になるのだと、つまり
この島を引き渡し
彼らが放射性エネルギーを照射することが
眠そうなココヤシの木に
たわむパンノキに
生まれたての太陽みたいに煌《きら》めきながら
忙しなく動き回る魚たちに
透き通る海の中で織られた
オーロラのように美しく輝くサンゴ礁に

　　「神さまはあなた方に感謝されるだろう」と彼らは言った

そう、
あたかも

神さまご自身が
定めたかのように
あの粉末が漂い
わたしたちの皮膚や髪や目に舞い降りて
骨へと染み込むのを

わたしたちは放射性降下物を
雪と見間違えた

「神さまはあなたがたに感謝されるだろう」と彼らは言った

神さまが
待っているかのように
わたしの故郷の人びとが
汚れなき白砂の海岸へと
全人類の罪を
吐き出すのを

十字架が
光り輝きながら
広げた傷だらけの手のひらの中へと
燃え落ちるように

リサーチの途中で
偶然見つけた一枚の写真には
アメリカの船につながれて
気倦《けだる》げにたらいの草をほおばる
山羊たちが写っている

こんなキャプションが添えられている

　　山羊と豚は実験台として海軍の船に残された
　　数え切れないほどの
　　抗議の手紙が
　　アメリカから舞い込んだ

動物虐待だと

十五歳
わたしは何メガトン*もの威力をもつ核爆弾と立派な学位が欲しい
人間よりも
山羊を重視した人びとに死のさざ波を送り届けられるなら
何だっていい
皮膚が
ギラギラと輝く病院の部屋の明かりに照らされて
萎びてしまえばいい
三世代を経て
あの同じ
黒い
スクリーンをよぎって
祖父／おば／いとこたちの生命がしたたり落ちてゆくのを見ればいい
握りしめた
指関節の結び目が

鉄のベッドに
つながれたまま
冷たくなって
息絶えるのを

けれどもわたしはたった
十五歳

だからわたしはこのプロジェクトを完成させる
３Ｄのフローチャートに
マーシャル人のがん死亡率をグラフにして示す
オフィスマックス*で買ったポスターボードに
先祖の声を貼り付ける
表をホッチキスでとめる
口の中に
二三〇〇万ドル詰め込まれたと
叫んでいる

次の世代も
　　次の世代も
　　　その次の世代も
そして一番上の
人類のためにという
太字で書かれたステンシルペーパーの文字を
黄色のスプレーでペイントする

ヒストリー・デイ
と呼ばれるその地域の学校を対象としたコンテストに応募した

両親はちょっと誇らしそうで
学校の先生たちもそう
三人のはげ頭の白人の審査員が
ついに
わたしのプロジェクトの前に立つ
審査員の一人が言った

「なるほど……
でもこれは、まったくもって
人類のためになるようなこと
ではなかったですよね？」

そしてわたしは落選した

＊将官　マーシャル諸島軍政長官ベン・H・ワイアットのこと。神がイスラエルの民を「約束の地」へ導くとした旧約聖書の一節を用いて、ビキニの人びとをイスラエルの民と重ね、「人類のため」なのだとして立ち退きを説いた。
＊メガトン　原水爆の威力を表す単位。
＊オフィスマックス　アメリカのオフィス用品専門の大型チェーン店。

フィッシュボーン・ヘア

Ⅰ

もう使われていない姪のビアンカの部屋でわたしは見つけた
丸められた頭髪がいくつも
詰め込まれた
ジップロックの袋二つ
息絶えて動かずトンネルのように黒い髪
揺れる海藻のように細い
たぶんそれはわたしの姉
ビアンカの髪をジップロックの袋に入れて

人目につかないよう鍵をかけてしまったのは
居場所を失くして
根無し草になった髪を
救おうとして

Ⅱ

戦いは繰り広げられていた
ビアンカの六歳の骨のなかで激しく
白血球は旗を立てて
少女の小さな肉体という領土を征服した
それを運命とみなし
明白なことだと宣言した

髪は

すべて

抜け

落ちた

Ⅲ

ビアンカの棺の蓋が
閉じられて
讃美歌が
夜空へと
ふわりと運ばれていったとき
わたしの心は
すっかり
髪のなくなった

彼女の
頭蓋骨のように
空っぽだった

Ⅳ

ビアンカの好物は
魚だった
生で食べて焼いて食べて一匹丸ごとペロリと食べた
頭まで食べて
ゼリーのような目も音を立てて飲み込んだ
残ったのは
小さくて
きれいな骨だけ

V

骨髄移植は
成功するはずだった
医者は言った
彼女の余命は
六ヶ月

Ⅵ

これは医者があの漁師たちに告げた言葉
もう五〇年以上も前のこと
漁師たちは海にいた
ビキニ環礁から
わずか数マイル離れた沖で
太陽が爆発して
真っぷたつに裂けて
漁師たちの衣服のうえに
灰の雨を降らせた
あの日

あの日漁師たちは
何も言わず
きれいさっぱり
髪に降りかかった灰を

払い落とし
延縄《はえなわ》を手繰り寄せてかかった魚を引き揚げた

そして踵《きびす》を返し一目散に家路を急いだ

Ⅶ

グアムの女たちが
射干玉《ぬばたま》の夜空のように黒く長い髪を切って
サンゴ礁を食らう巨大魚から島を救ったという
チャモロの古い言い伝えがある

女たちは自分たちの髪で
大きな魔法の網を編んだ

そして巨大魚を捕獲し
島々を救った

Ⅷ

細い

黒い

根無しの

夜

捕まえる

フィッシュボーン・ヘア*

捕まえる

捕まえる

灰

空

月

星

ビアンカあなたのためにあなたのために

＊フィッシュボーン・ヘア　髪の編み方。編み目が詰まっていて、魚の骨のように見える。

ハワイから学んだこと

マキキ通りへの飛行

常夜灯が楕円形の窓をじっと見つめる
チクチクする飛行機の毛布にくるまって
いとこの君はしくしくと泣いている。

「放っておいて！」
その語気はぴしゃりと
肩からわたしの手を
払いのける。
その瞬間は
乾燥した機内にゆっくりと消えてゆく
機体にそっと抱かれながら
わたしたちは運ばれる
太平洋を越えて

マーシャル諸島からハワイへ——
君の新しい家へと。

九歳の頭でわたしは必死に考える
ジューシーフルーツガムでなら
君の心のひりひりする痛みを
嚙みとることができるかな。

それとも飴玉《アメタマ》*の包みを剝がして
べとついたココナッツ味の球体を口に含めば
故郷の
サンゴ礁のほとりに佇む我が家を
離れるさみしさを
剝ぎとれるかもしれない。

あのサンゴ礁を思い出して泣きたくなるよね？
なめし革みたいな焦茶《こげ》色したリタの町の海岸

錆びたストーブのコイルのような
燃える太陽を思い出して泣きたくなるよね？
リタのブリキの屋根や
塗装のされていない壁、
猛暑のスコールがもたらす恵みに歓喜する子どもたちが
恋しいよね？
質素な木の椅子に
ゆったり腰かけて
夜更けまで
先祖代々の物語に節をつけて歌う
父さんのことが恋しいよね？

ねぇ、あの夜の続きをしようよ
松の木のあるマキキ通りでも
二段ベッドでひそひそ話をして
鳴り響くジャワイアン*音楽を聴きながら
雨上がりのハワイの虹の下で。

宿題や、授業や、テニスやバンドの練習、
ＲＯＴＣ*や大学進学の準備

そしてきれいに
糊付けされた
マクドナルドのユニフォームを
毎晩きちんとたたむ
そんな生活に埋もれそうになっても。

わたしたちの生活が
こんなふうだったらどうだろう――
ぴしっときれいに
糊付けされて
毎晩折りたたまれるような
生活。

それもきっと悪くない。

本当だよ。

* 飴玉《アメタマ》　原文ではametama。日本語由来のマーシャル語で、ココヤシの実から作られるキャンディー。
* ジャワイアン　「ジャマイカン」と「ハワイアン」を掛け合わせた造語。ジャワイアン音楽はハワイアン・ミュージックとレゲエが融合したもの。
* ROTC　予備役将校訓練課程。

薔薇の花のいとこ

わたしのいとこは血の滴る薔薇のタトゥー／彼女の足首に彫られている／
白米のような色の指関節が／車のハンドルを握りしめて／マノア通りをゆっくり走る／
赤信号をことごとく無視し続けるサングラス

わたしのいとこは冷たいペプシコーラとハーシーのチョコレートバー／
学校まで乗っけてくれる日々の代償／「ちょっと寄って行こうよ」／
「車停めるよ」／「セブンイレブン」／「お金ちょうだい」／「あんたは親と住んでいるでしょ」／
「家賃払わなくていいんでしょ」

わたしのいとこは早朝四時の窓の襲撃ノック／呂律の回らない口調で／
マーシャル語の脅し文句を叫び／意識を失って庭先の芝生に倒れ込む／
母さんはまたカンカンに怒って／おばさんたちの口伝えで事件はあっという間に知れ渡る／
「あの子もいい加減に成長しないと」／コーヒーを飲みながら朝の噂話

わたしのいとこはいじめっ子／「バッカじゃないの」／「レレ、*あんたってホント役立たず」／時にはわたしを切り裂く／強烈に骨をえぐる批判で／「あんたって、白人みたい」／「白人」／「白人顔負けね」／「あんたみたいに詩を書いたりピアノを弾いたりするようなマーシャル人なんていないってば」

わたしのいとこは大学生になって／ハワイの教授やトンガの学者の授業について話してくれる／サモアの悲恋の物語やフィジーの愉快な風刺文学についても／「故郷の物語と似てるよね？」／「マジュロにもこんな話があるよね？」

わたしのいとこは詩を書いてほしいという／彼女の詩／わたしはいいよと返事をして／それでこの詩ができたってわけ／どんなふうにわたしが花開いていったのか／彼女の声の中で／彼女の物語の中で／どんなふうにわたしは刈り込まれたのか／生身を切られて／血が滴っている／彼女の足首の赤い薔薇の花のように

＊レレ　詩人のニックネーム。

ローラ・インガルス・ワイルダー*へ

なぜ大草原に魅かれたのかは
わからないけれど
小学三年生のわたしは
ハワイという大都市の迷宮に迷い込んだ
孤独なマーシャル人の女の子ではなく
元気と勇気に満ちたミネソタの白人の女の子だった
荒涼とした開拓地の厳しい生活に耐え
容赦なく襲う猛烈な吹雪にも立ち向かう

雪は見たことがなかった
川といえば
当時住んでいた集合住宅の傍を流れるマキキ川だけ
川の臭いはカエルがげっぷをしたようで

冷たい水がサンダルを履いた裸足のくるぶしのあたりで泡立っていた
いとことわたしはすばしっこいマングースのしっぽを追いかけたり
近所の庭からスターフルーツの実を盗んだりして
暑さで唇が渇いたら
隣のアパートに忍び込み
塩素が効いたプールで平泳ぎをしたっけ

そしてそれでも、飽き足らないトムボーイへの憧れは
わたしみたいな少女が描かれた頁にそっと隠した
裸足で草原を駆け抜け
膝をすりむいてドレスを破り
人の結婚式の誓いの言葉をあざ笑う少女

けれどもローラの母さんがよく口にする
忠告には困惑した
「帽子を忘れないで、ローラ――
インディアンみたいな

焦茶色の肌になりたくないでしょ！」
わたしは自分の茶色の手の甲を見つめて
ボンネット帽とフープスカートについて母にしつこく尋ね
暖炉の傍でバイオリンを弾いてと父におねだりして
父さんが調理した刺身なんていらない
わたしが食べたいのは
肉汁の滴るガチョウなんだと訴えた

十年の月日が流れ
小説『インガルス一家の物語』シリーズの
第四巻のとある章が
わたしの古傷をふたたび
えぐる

ローラの父さんとその友人たちが出演する
ミンストレル・ショー*！
町中が拍手喝采し

歓喜に沸く
父さんたちは
黒い油を
白い顔に塗りたくり
青い目をクルクルさせて
鼻を鳴らす
物悲しくむせぶようなオルガンの音色に合わせて
ドラムを叩く音や大声で喚《わめ》く声が
舞台に響き渡る
「なんて楽しい夜!」

一体何が
この頁のあわいに折りたたまれるようにして
更紗のスカートやコルセットや干し草の山のなかに
隠されてしまったのだろう?

一体どこへ

インディアンの人びとは行ってしまったのだろう？
ねぇローラ、あなたが荷馬車に揺られてインディアンの大地を横断し
カンザスに向かうとき

何マイルも離れた平原のむこうでは
土地を奪われた人びとが
ゼイゼイと息を切らしながら歩いていたんだよ
木の皮みたいな手をした小さな女の子たち
その手は日焼けしたような焦茶色
わたしのような

＊ローラ・エリザベス・インガルス・ワイルダー（Laura Elisabeth Ingalls Wilder, 一八六七〜一九五七）　アメリカの作家・小学校教師である。彼女は自分の幼年期の体験にもとづいた児童書を著した。最も有名な作品『インガルス一家の物語』は、『大草原の小さな家』としてテレビシリーズ化され、日本でも二度にわたってＮＨＫ総合テレビで放映された。

＊ミンストレル・ショー　黒人に扮した白人の歌・ダンス・コントなどによるショー。一九二〇年代アメリカで流行した。

ビアンカの弾ける笑顔

父に捧げる

扉を開けた瞬間、彼女の
笑顔が弾ける
午後の陽だまりにきらめく笑い声
深く深く窪《くぼ》んだ瞳
深く深く刻まれたえくぼ
糊がきいて折皺のついたガウンに身を包んだ
ビアンカ

彼女は十歳
鼻には蛇のような栄養管が通され
手首の皮膚には点滴の針が刺し込まれていることに気づく
シーツにねじ込まれた彼女の握りこぶしに気づく

けれどもそのことに気を取られすぎないで耳を澄ます
彼女はあの話がしたくてうずうずしているのだから
宿題を丸写しした
ワルガキを怒鳴り散らして
校長室に呼ばれたあの日の出来事

ナースが不意に病室に入ってきてあなたが
驚いた様子を見せてもビアンカは
話すのを止めない

いつまでも続く
化学療法に
文句のひとつも
言わない

こんなことはたいしてめずらしくはないのだと

あなたは自分に言い聞かせる
こんなことって?
めずらしくはないのだ
マーシャル人の多くが
がんにまつわる言葉を習得しているのは
英語がよく分からないビアンカも
血球という英語の意味を知っている
骨髄、カテーテル
そして寛解導入療法という言葉の意味も

そんなことを考えながらビアンカを見つめる
病院のブランケットには花のつぼみのように
虹色のブレスレットのビーズが広がっている

けれども今日あなたとビアンカは
核実験や植民地化の影響
人びとに暗い影を落とすがんについて

話したりはしない

そのかわりにスポンジ・ボブ*について話し
厚紙のお城を組み立て
最高においしいプリンとケチャップシチューを作って
万華鏡色に爪を染め
ブランケットを舟の帆に見立てて遊ぶ

痛みについては触れない
手つかずの皿や
もう浴びることはない陽の光や
夢を奪い去るような
別れの儀式についても

そして面会時間の終わりは
限りなく切なく
思うよりずっと辛い

鼻をすり合わせるようなキス
ぎゅうっと強く抱きしめて
誓いを立て、指切りげんまんをする
また来るよね
うん、必ず来るよ
何度も何度も約束を交わす
また来てね
絶対だよ

そして部屋を出たあなたの後ろで
ドアがカチリと閉まる
その途端
嗚咽がこみ上げ息ができなくなる

＊スポンジ・ボブ　アメリカのアニメーターで海洋科学研究者のステファン・ヒーレンバーグ原作のギャグアニメ。ビキニ環礁がモデルの架空の海底都市「ビキニタウン」を舞台にした、主人公のスポンジ・ボブと仲間たちの物語。

ブーブー・ネイエンと長椅子に腰かけて

ハワイに住んで六年が経った頃
わたしはマジュロに戻って
祖母《ブーブー》と長椅子に座っている、ブーブー・ネイエンと
渦巻く質問が頭蓋骨の隅々まで攻め立て
汗だくのジーンズの上で手を固く握りしめる。

背中を丸めてゴホゴホと咳こみ
刺繍のほどこされたハンカチをせわしなくいじる
祖母はしわくちゃにされてこんもりとなった
紙人形のように
暑さのなかで震えている。
その浅黒くてあざのある皮膚は
顔から溶け出してしまいそう。

祖母は舌がんを患っている。

言葉は
生まれる前に
祖母の喉の奥から
もぎ取られてしまう。
わたしたち二人の間の
この空間を羽ばたく前に――
耕すことができない
手つかずの土の層。

わたしはマーシャル語を流暢に話せない。
英語なまりの発音は
わたしの声に壁を作り
わたしを気まずくさせる
だから自分の母語を

借り物の言葉の下に埋めてしまうのだ。

わたしたちの間に横たわる
沈黙は唸る
祖母の家の赤いリノリウムの床に差し込む
陽の光に射られながら回っている鉄の扇風機のように

祖母に伝えられたらいいのに
わたしたちの声に言葉はいらないこと、
祖母の息の表層の音ではなく
深淵を流れる水のような、
茶色い瞳の奥からあふれる物語を掬い取れるよう願う気持ち。

祖母に尋ねられたらいいのに
ピンクがわたしのお気に入りの色だった頃のことを
覚えているかと
歩くと光るスニーカーをキュッキュと鳴らしていた頃

ピンクのリボンをなびかせて三輪車に乗っていた頃のことを
聞いてみたいな

尋ねられたらいいのに
祖母が育った家を照らす太陽が
あくびをした時に見える上あごはピンク色だったかどうか
祖母のふるさと――アイリンラプラプ
弧を描くサンゴ礁が空に向けて微笑む島。

石鹸と鉄の洗濯板を使う日々の暮らしで
こわばって曲がってしまった指の
痛みについて尋ねられたらいいのに。
ブーブー、指の具合はどう？

そして夜になると夢のなかで
ブリキの屋根をこするような声が聞こえるのかな？
名を成して星のように闇へと消えていった人たちの声、

戦士や祈禱師やカヌー彫師だったご先祖さまの声が。

聞いてみたい
とてもたくさんの質問、でも
わたしの思考が
破裂するまえに
ブーブー・ネイエンの手が
伸びてきて、わたしの膝を
ポンと叩く。

祖母が微笑むと
唇が皺のあいだに
広がる。

祖母はわたしに小さな包みを手渡す
中身は刺繡されたハンカチ
祖母も使っているものだ。

タオル地の縁に沿って
刺繍された花を指さし
祖母はくすくす笑う。
（この刺繍は祖母がしたのだ）

すると突然、太陽の光が
わたしの中にあふれる
ありがとう、ブーブー、
わたしはマーシャル語で
言う。Kommool《コンモール》.

そして祖母は
その柔らかい手のひらで
わたしの手のひらを包み
頭をわたしの肩にもたせかけて
ため息をつく。

三ヶ月後、ハワイの薄暗くひんやりした
自分の部屋で、わたしは想像してみる
白い花柄のプリント地の袖が祖母の腕のまわりで
踊っている様子を。わたしは想像してみる
紙の花の皺と曲がった膝、
微動だにしない祖母の
胸の上に組まれた両手を
茶色の瞳からあふれる涙、そして
ついに閉じられたその瞳を。

ハワイから学んだこと

エメリタ・キーレンの詩「ミクロネシア問題」に触発されて

レッスン1

「ミクロネシア人って最低！」
中学一年生の友人が毒づく
セカンドハンドの青いTシャツに
ダボダボのジーンズを履いて
ビンロウジ*を噛んでは唾を吐いて捨てる少年らが
道の向こう側でぶらついている
「でもさ、
あんたはミクロネシア人にしては
よくできるよね」
そういうこの子は

いつも勉強を教えてあげるクラスメイトだ
南北戦争や
最初の移民について
歴史はいつも繰り返されることも
あんなに詳しく教えてあげたのに

レッスン2

ミクロネシアンの
「ミクロ」
(ネシアン)とは
小さいという意味で
太平洋に点在する細かいパン屑のような
島々のことを表している。
たくさんの国や/文化や/誰も聞いたことのないような民族/
気をつけて/関心をもつにはあまりにも小さすぎる。

小さいのだ、わたしが自分自身について
感じるように
ネイルサロンの女性が
わたしの爪に白いマニキュアを丁寧に塗りながら
手を止めてこう言う時
　「あなたって
　ミクロネシア人に見えないね。
　　あの子たちより、ずっときれい！」

レッスン3

あの子たちよりきれいというのは
ほかのミクロネシア人の女の子たちより
醜くないということ
その子たちはいつもなんの恥じらいもなく
金歯を見せて笑いながら道を歩いている

脂ぎった三つ編みの髪を
汚れた道路のような茶色の肌と
グアムと呼ばれるきらびやかなワンピースや
ネオン色のポンペイアンスカート*の上にだらりと垂らして
嫌悪感を滲ませたいとこの声がする

「あの子たちを見てよ！
自分の家にいるみたいに
学校や店にグアムを着ていくなんて。
どういうつもりだろう？
ここはあの人たちの
国じゃないのに。
ここは
アメリカなのに。
だからここの人たちはみんな
ミクロネシア人を
嫌うんだよ」

レッスン4

ここの人たちはなぜ
わたしたちミクロネシア人を
嫌うのか
その理由は分かっている

身に着けるネオン色のスカートが主張しているのだ
違うのだと

違いはある、たとえば英語を第二言語とする子ども
その子の名前をあなたは発音できないし
その子の英語のなまりにすぐ気がつくだろう

違いはある、たとえばウォルマート／セブンイレブン／マクドナルドの駐車場
長時間たむろして

蹴りあったり喧嘩したりする
ブルーカラーの夜にも

違いはある、たとえばパーティー
おばやおじやいとこら何百人もが集う
ベタベタするパンノキの実をココナッツクリームにどっぷり浸し
空港からカートに入れて引いてきた
クーラーボックスの中の大好物の魚は
串に刺してバーベキューにする
おじはわたしに向かって手招きし
マーシャル語で呼びかける

Dede a itok ——
kōjro mōñā!
レレ、おいで
さぁ、食べよう！

レッスン5

記事の見出し

歓迎されぬミクロネシア人

ミクロネシア人にかさむ医療費

ホームレスシェルターにあふれるミクロネシア人

「できるもんなら核攻撃でも仕掛けてやりたいな！」

「あいつらは自分らの島に住んでいるより、ハワイでホームレス生活している方がいい暮らしができるんだよ」

「えっ、なんだって——なんで

あのミクロネシア人の男は

猿と結婚しているのかって？
ミクロネシア人の女はみんな猿だからだよ！」

「何？」

「君は冗談も分からないのかい？」

レッスン6

本当は
ミクロネシア人なんていない
マーシャル人
チューク人
ヤップ人
ポンペイ人
パラオ人

コスラエ人
ナウル人
チャモロ人
キリバス人
でもハワイでわたしたちが
十把一絡げにされてしまうとき
ミクロネシア人呼ばわりされる

見下されて取るに足りない人間だと言われるとき
小国の人間だと言われるとき
無視されるとき
締め出されるとき
ハワイのたくさんの人が
ミクロネシアの人を嫌うとき
とてもたくさんの人が
わたしたちを嫌うとき

レッスン7

こんなふうにしてわたしは知った
こんなふうにしてわたしは覚えた
こんなふうにしてわたしは学んだ

自分自身を
嫌うことを。

＊ビンロウジ（檳榔子）　ビンロウの果実。主にアジアや西太平洋地域の風習で、果実から取り出した種子をキンマの葉で包んで嚙み、唾液とともに吐く。

＊ポンペイアンスカート　ミクロネシア連邦のポンペイ島の民族衣装。

モンキー・ゲート

I

これはわたしのおじさんが
ホノルル空港で迷ってしまったときの話
漫《そぞ》ろ歩きの空港の従業員を呼び止めて
ミクロネシア行きの飛行機の搭乗口を尋ねると
青い制服を身にまとったその男は馬鹿にしたような笑みを浮かべてこう言った
「モンキー・ゲートを探してるのかい？」
おじさんは一瞬頭に血が上るのを感じたけど
顔色ひとつ変えずに
男が指した方に向かって駆け出した

Ⅱ

目覚ましが鳴り響く
早朝三時
窮屈なソファーベッドと花柄の布団《フトン》から
もぞもぞと抜け出す
起き上がって
頑丈でびくともしなさそうなクーラーボックスに
不用品交換会で手に入れたTシャツや
冷凍ステーキ肉やマカデミアチョコレートや日用品が入った箱なんかを
押し込んでカチッと閉めて蛍光色のテープでぐるぐる巻きにする
ボコボコのミニバンとボロボロのSUVに
荷物を全部詰め込んで
すいた道路へと繰り出していく
まどろむ飲み屋の灯りと輝くコンビニのサインの上に
そびえ立つアパート群が
車窓に浮かびあがる

Ko̧ ruji ledik ņe.　「そろそろ起こさなきゃ」

いとこたちのぼそぼそ声がして目を覚ます
ホノルル空港の煌々《こうこう》とした光が
乳白色の濁った窓ガラスから流れ込む
車のドアを開けて荷物を引きずり下ろしドアを閉める
お腹がキューーと鳴る音がして
おしゃべりしながら気を紛らわす
チェックイン・ゲートでは
コスラエの姉さんたちがクーラーボックスに荷物を詰め込みすぎて口論している
民族衣装に身を包んだポンペイの男が気忙《きぜわ》しく腕時計を見て時間を確認している
白髪まじりのチューク人とマーシャル人の女たちが
荷物の入ったカートと積み上げられたスーツケースやクーラーボックスを見守り
子どもたちの茶色く細い足がその間を
　　　　　　　　　　　　　　　　走り抜け飛び跳ねる
みんなリノリウムの床の上に屈んだり横になったりしている

わたしたちもサンダルを脱いで
汚れた足を投げ出して寛《くつろ》ぐ
チェックインの列は長く
預け入れ荷物の列はさらに長い
片手でハグをして別れを言いながらこみ上げる涙は
汗と一緒くたになって肌をつたう
旅立ちは寂しく
旅立ちは嬉しい

空港の従業員に手を振って
手渡されたチケットと手荷物の
礼を言う
姿勢を正し
笑顔で
保安検査場を
通り抜ける

海で迷子

サクラメントは
太腿を打つ手のひら*
打ちのめされた男たちが
自らの母親に暴力を振るう
殴られては家を飛び出していく
ベイビーブルーの民族衣装の聖歌隊
福音を伝える歌声が聞こえる主を称えよと
響きわたれレイプで生まれた子どもたちのブルース
新品のナイキのスニーカーどうやって手に入れたんだい
安売りの白い米袋と白いツナ缶麻薬の入った白い封筒の出所はどこ
請求書が束になって殴りかかる拳のように次から次へと舞い込んでくる
家長となった父親なき少年たちは配送の仕事で辛酸を舐める日々を語ることはない
大学進学の夢も色褪せてポケットの中。**夢見ることができずに。**この世界でいくら目を凝らしても

満たしてくれるものなど何ひとつない
走る
潜る
濁った夜へとビール片手にマリファナを吹かす煙る月夜に飛び回る緑の星たちは
点滅する信号のようコンクリートの高速道路を滑り降りるミニバンの鉄の車体
ステック・チャート*の貝殻みたいなラジオのスイッチを入れる錆のついた指先
ココナッツオイルの匂いがする腰まで伸びた髪レゲエを口ずさむ唇
太陽はバスケットボールコートの神々を称えソフトボールの控え室で
アロハシャツの下から覗く毛むくじゃらの肌の下に隠れた筋肉をあわれむ
闘う戦士たちの週末の祝宴は終わりを告げる
日が落ちるそれは君が
壊れる時

＊太腿を打つ手のひら　非言語コミュニケーションの一種。
＊ステック・チャート　コンパスなどの測量機器がなかった時代、マーシャル諸島の人びとがココヤシの枝と貝殻で作った海図。

衝突事故

ぬっとそびえる山の傍で友人とわたしの
小さくて怯えた体が
ひっくり返って窓ガラスが砕け散った
銀色の獣から
千鳥足で離れていく
額から滴る冷い死の感覚
手のひらに垂れ下がる薄く剝がれた皮膚

フランネルシャツの親切な白人《サマリタン》の煙草が目に染みる
ハンティングジャケットでわたしの体を覆いながら
大声でわめく「俺たち」
自分たちの方を指して
「救急車を呼んだからな！」「君」

わたしの方を指して
「血、出てるぞ！」
「寒いのか？　ブルブルする？」
「指、何本見える？」
質問がスペイン語に切り替わる
「二本《ドス》？」
「三本《トレス》？」

担架で運び込まれ
動き出した救急車の中で
シュガーブロンドの髪色の救急隊員が
名前の綴りを尋ねてきた
七回も聞き返して
くすくす笑い
不思議そうにわたしの目を覗き込んで言った
「あなたインディアンなの？」

病院で男性看護師が
ぱっくり開いた手首の傷口を
縫ってくれた
車の窓ガラスの残骸
看護師の青いアロハシャツが
故郷を思い出させる
この土地の者ではないのだと彼に言いたかった
母に会いたいと言いたかった
見知らぬ土地で死ぬのが
怖いと言いたかった

すすり泣きが口からこぼれた
看護師が黒い糸をぐいっと引いた
さらに
強く
わたしの声を手首に封印するかのように

友人の家で
シャワーブースのタイルの壁に寄りかかって
強く願った
水が
肌の色も薄めてくれたら
いいのに

シャワーの蛇口を閉めた時
友人一家のトウモロコシのようなブロンドの髪色を
突然思い出した

絶望的な気持ちで
バスルームを見渡し
黒く縮れた長い髪を
一本残らず拾い集めて
きれいさっぱり
拭き取った

注意深く
跡形もなく

ベイでの最後の日々

ベイ*での学生時代が過ぎてゆくハイカットスニーカーを脱いで君のベッドに**滑り込む**
燻したホワイトセージ*の香りと君の黒い瞳放たれた視線がわたしの唇を**つたう**
大のお気に入りのシャタック通りをずるずると進むトカゲが木箱を**這う**ように
市電で霧のサンフランシスコへ繰り出せば携帯電話の画面に**降り注ぐ**雨上がりの太陽の煌《きら》めき
マリファナを喫う君の横顔を見て気づいた涙が**こぼれ落ちる**のを日曜日の人気のない街
マンゴーを掠めてレゲエを聴きながら**流れて**ゆく夜時計を巻き戻しても
時は止まることなく流れ**去って**ゆく

＊ベイ　アメリカのカリフォルニア州サンフランシスコの湾岸地域。
＊ホワイトセージ　天然のハーブの一種で空気を浄化する効果があるとされている。

伝えて

マーシャル語の会話レッスン　第九回

マーシャル人、特にマーシャル諸島で生まれ育った人はよく質問をします。このレッスンではきちんと答えられるように練習してみましょう（Bの役を演じてみてください。）

A　Kwōjeḷā ke eọñwōd?　魚の釣り方を知っていますか？

B　Ijaje. Kwōmaroñ ke katakin eō?　知りません。教えてくれますか？

A　Kwōjeḷā ke inọñ?　マーシャル諸島の伝説を知っていますか？

B　Ijaje. Kwōmaroñ ke katakin eō?　知りません。教えてくれますか？

A　Kwōjeḷā ke kowainini?　ココヤシの実の採り方を知っていますか？

B　Ijaje. Kwōmaroñ ke katakin eō?　知りません。教えてくれますか？

A　Kwōjeḷā ke uṃuṃ ma?　焚き火でパンノキの実を料理する方法を知っていますか？

B　Ijaje. Kwōmaroñ ke katakin eō?　知りません。教えてくれますか？

A　Ijjab kanooj jeļā, ak inaaj kajiioñ.　達人ではありませんが――教えてあげましょう。

ただの岩

母が言う
ほら、見てごらん。あれがリレプレプジュだよ
　あの伝説の美しき女神さま。

でもわたしには

礁原の
岩にしか見えないんだけど。

アウル環礁での選挙運動

I

六時間の船旅を終え、女たちが飛び出してくる
水面を泡立てるモーターボートの
ファイバーグラスの出口から
ポプシクル*のような明るい色の野球帽に
シルクのグアムドレスや色褪せたムームーや
花柄のポンペイアンスカートを身に着けた
女たちのにぎやかな笑い声がアウルの海に響き渡る。

わたしの母は国会議員になるためにアウル環礁から出馬する。
歴代の選挙で、三二名の議員が男性だった。
歴代の選挙で、女性議員はたったの一人。

これは賭けのようなもので
勝算が低いことを母は知っている
だから母は故郷の島に降り立ったのだ
女たちの援軍を
伴って。

久々に
故郷の土を
踏む者もいる。
わたしやいとこは
初めて訪れる場所。

＊ポプシクル　アメリカの棒付きアイスキャンディー。

Ⅱ

母は最年少の
わたしたちに告げる
これは休暇の船旅でもなければ散歩《チャンポ》*でもなく
わたしたちにはやるべき仕事があるのだと。
荷ほどきをして、照明の設置を手伝い
夜明けとともに起き出して重い足取りで家々を訪ね歩き
動画や写真の撮影をし
母の家系や経歴や選挙公約などが書かれた
大量のビラを運ぶ。

わたしたちは行進する
見たこともないような太くて
節だらけのパンノキの木陰を通り抜け
歯を剝き出しにして吠える犬を避け
空き家のコンクリートの外壁と

興味津々でわたしたちを見ている子どもたちを通り過ぎて
膝まである草むらを縫うように進んでいく。

行進中に立ち止まって母は人びとと言葉を交わす
ココヤシの実で膨れあがった袋の聴衆に囲まれて
皮を剝きながら臼片を
オレンジ色の洗面器に入れる男の人と。
天日干しにしてグルグル巻きにした
タコノキの葉の山に埋もれて
蜘蛛の巣状に葉を編んでいる女の人と。

夜にはプラスチック製の皿に食べ物を盛る手伝いをする
腹を満たして説得する作戦だ。
食事に招かれたアウル環礁の島民たちは
母の足元に
座り込んで
その演説に聞き入り、

母の声は
熱を帯びてゆく。

＊散歩（チャンポ）　原文ではjaŋbo。日本語由来のマーシャル語で散歩・ドライブの意。

Ⅲ

この島を変えるのだと約束する母
自家製シチューの大きな鍋をかき混ぜるおばさん
ＷＵＴＭＩ＊の宣伝をするいとこ
健康食について話し合うおばさん
花のレイを飾り付けているおばさん
ウクレレを弾きながら歌ういとこ
アウルの昔話をするおばあちゃん
すべての母たちの母が
海の傍に立って
見守っている

＊ＷＵＴＭＩ（Women United Together Marshall Islands）　マーシャル諸島女性連合会。

Ⅳ

そしていとことわたしは
逃げ込む
絡まり覆い茂った葉っぱのなかへと
苔むした丘を登り
木立に囁き
巨大で真っ白なキャンバスのような空を背に
鏡のように澄みきった
水のなかへとザブンと飛び込む
わたしたちは水から出て、濡れた髪のまま
雨粒を顔に感じながらあたたかい霧雨のなかを
漫《そぞ》ろ歩く
ちょうど出くわしたおばさんに呼び止められて
煙の立ち込める調理場に立ち寄ると
出来たてのドーナツが待っている
ホカホカの柔らかいドーナツが口のなかでとろける

そしてわたしたちは日光に晒され色褪せた敷物《ジャキ》の上で
眠りに落ちる
少女のように眠りに落ちる
女たちと女たちと女たちが
おしゃべりをし囁き笑いあうのを聞きながら
眠りに落ちて女たちの夢をみる
いつかあんなふうになりたいと願う

伝えて

アメリカの友だちに
送る小包を作った
中身は——ゆらゆら揺れるイヤリング
半月形に編まれた葉の細かい渦巻の真ん中で
台風の目のような黒真珠が煌《きら》めいている

そしてもうひとつ——葉でできた丈夫なかご
輝く茶色の子安貝の貝殻と
胼胝《たこ》のある指が編んだ
複雑な曼荼羅模様がほどこされている

中に手紙を入れる

このイヤリングをつけてね
パーティーで授業で会合の席で
ちょっとそこまでの買い物や食料品店での買い出し
バスに乗っている時も

このかごの中に入れてね
ジュエリーやお香や小銭や
この手紙のように丸めた紙なんかを

そして誰かにこれどうしたのと聞かれたら
伝えてほしい

「マーシャル諸島からの贈り物なんだよ」って

その島々がどこにあるかを地図で教えてあげて
伝えて、わたしたちは木の幹のような
焦茶色の肌をした

誇り高き人たちなのだと

伝えて、わたしたちは世界で
最もすぐれた航海士の
末裔なのだと

伝えて、わたしたちの島々は
巨人が運んできたかごから
こぼれ落ちてできたこと

伝えて、わたしたちは風のように速く
太平洋を切り進む
丸木をくり抜いたカヌーの舟体

わたしたちは木の削り屑
天日干しにしたタコノキの葉
赤ちゃんのケーメム*で食べるブウィロ

伝えて、わたしたちは美しいハーモニー
祖母や母やおばや姉妹たちの
夜更けまで続く歌

伝えて、わたしたちは囁かれた祈り
神さまの吐息
メアリーおばさんの白く波打つ海のような髪を飾る
フクシアの花冠

伝えて、わたしたちは発泡スチロールのカップに入った赤いクールエイド*
葬式《イロメッジ》が執り行われるのを辛抱づよく待っている

わたしたちはパパイヤのような黄金色をした夕焼け
輝く大海原へと流れだしてゆく
わたしたちは澄みきった空
見渡す限りどこまでも続いている

わたしたちは海
恐るべき荘厳な力に満ちている

伝えて、わたしたちはコンクリートの戸口から盗まれた
埃まみれのゴム草履
タクシーの座席の引き裂かれた継ぎ目
壊れたドアの取っ手

わたしたちは握手を交わす手と手
汗でじっとり濡れた
伝えて、わたしたちは炎暑の昼と夜
あなたが想像するよりもずっと暑い
わたしたちは雨のなかで側転をする
おさげ髪の少女たち
わたしたちは砕けたビール瓶の破片

細かい白砂に潜んでいる
わたしたちは子ども
輪ゴムのように勢いよく飛び出し
ボォーボォーと音を立てる車が渋滞した道路を横切ってゆく
伝えて
この島には道路が一本しかないことを

こんな話をしたあとに
海のことを伝えてほしい——
防波堤を越えて
共同墓地も越えてどっと流れ込み
洪水が家々を襲い水嵩が増してゆくのを
わたしたちがどんな思いで見つめているのか

伝えて
海面と陸地が同じ高さに見えるのはどんなふうかを

伝えて
わたしたちの恐怖を

伝えて
わたしたちは政治について
科学について知らない
でもすぐそばで何が起きているかは
知っているのだと

伝えて
神さまが守ってくれるのだと
信じる老いた漁師たちがいれば
そこまで信心深くなれない者もいるのだと

でも一番伝えてほしいのは
わたしたちはどこへも行きたくない
何があってもここから離れたくないのだということ

そしてこの島々を失えば
わたしたちはもう

わたしたちではなくなるのだということ

＊ケーメム　子どもの一歳の誕生日を祝う席。マーシャル文化において最も大切な祝賀。
＊クールエイド　アメリカ発祥の粉末ジュース。

ラベンダーの香りと海水の夢

わたしたちのドゥーラ、* グレイス・アルヴァロ・カリグタンに捧げる

陣痛の波が
押し寄せ
わたしを
真っぷたつに
引き裂く

わたしは想像する
ドロドロした血液や体液で
パンパンに膨らんだ袋が
破裂する瞬間

秒・分・時、

あらゆる時間の感覚は消え
拳を握りしめて
つま先を丸めて
目をギュッと固く
閉じて痛みに耐える

無心で吸い込む
やさしい香りのラベンダー水に浸した
ホットタオルの蒸気
グレイスが準備してくれた
神の恵みのような救い

海水の夢
オレンジと夕焼け
クライドおじさんとカカおばさん
ヘティネ・タメラ母さん
赤ちゃんのデューキー

みんなで行った
ありふれた日曜日の
午後のピクニック

思い浮かべてみる
この光景を丸ごと
いつか目にする我が子を

そしてわたしの体から
赤ん坊が引っ張り出されて
白衣の集団が
大声で呼びかける

「さぁ、目を開けて」

するとそこには我が子がいる

＊ドゥーラ　ギリシャ語で他の女性を助ける経験豊かな女性という意味。現代では、助産師のように出産をサポートする女性に用いられる。

ねぇ、マタフェレ・ペイナム

ねぇ、マタフェレ・ペイナム、

まだ歯も生えていない生後七ヶ月のあなたの笑顔は昇り始めた太陽
毛のない頭は卵か仏さまみたい
雷のように激しく足をばたつかせ
稲妻のように鋭い声をあげて
バナナとハグと
朝の礁湖《ラグーン》の散歩に大はしゃぎする

ねぇ、マタフェレ・ペイナム、

あなたに伝えたいことがあるんだ
朝日を浴びながら

眠そうに横たわっているあの澄みきった礁湖《ラグーン》のこと

人びとは言う
いつの日かあの礁湖《ラグーン》が
あなたに襲いかかるかもしれないと

海岸線にかじりつき
パンノキの根に食らいつき
防波堤を飲み込み
島の骨を粉々に嚙み砕いてしまうだろうと

人びとは言う
あなたやその娘、
そして孫娘も
根無草になって
さすらい
故郷と

呼べる場所は
パスポートだけになってしまうだろうと

ねぇ、マタフェレ・ペイナム、

泣かないで
ママが約束する

誰にも
指一本触れさせはしない

政治の海を泳ぎまわる欲張りの鯨みたいな会社にも
弱い者を食い物にするモラルのないビジネスにも
母なる海の気を狂わせて見て見ぬふりをしている役人たちにも

水浸しになんてさせない

移住なんてさせない
故郷を失わせない
気候難民になんてさせない

もうこれ以上誰ひとりとして

パプアニューギニアのカータレット環礁や
ソロモン諸島のタロ島の人びとのようにはさせない
この場を借りて彼らにお詫びをしなくちゃ
でも、もうこれ以上
誰もあんな目にあわせたりしない

だって、わたしたちは闘うから
ママもパパも
おばあちゃん《ブーブー》もおじいちゃん《ジンマ》も国をあげて大統領まで
みんなで力を合わせて闘うから

権力を隠れ蓑にして
マーシャル諸島や
ツバルや
キリバスや
モルディブが
存在していないふりをする人たちはいるし

フィリピンを襲った台風や
パキスタン、アルジェリア、コロンビアで起きた洪水
そして世界中のハリケーンや地震や大津波もすべて
なかったことにしようとする人たちがいる

でも
わたしたちを見ていてくれる
人たちもいる

手と手をつなぎ

拳を突き上げ
横断幕を広げ
メガホンで声を張り上げる
わたしたちは

石炭輸送船を阻むカヌー

太陽光発電の村の輝き

かつて農地を覆っていた豊かで汚染されていない土

ティーンエイジャーの指先から咲き出《い》づる請願書の花

自転車に乗り、リサイクルをし、ひとつの物を大切に使う家族
未来を夢見て、設計し、商品化するエンジニア
絵を描き、踊り、言葉を紡ぐアーティスト
そしてわたしたちはメッセージを拡散してゆく

プラカードを掲げ
手を取り合った
何千人という人が
通りを行進している
変わるなら「今」だと繰り返しながら

あなたのために行進している
わたしたちのために行進している

だってわたしたちには
ただ
生き延びる
だけではなく
豊かに生きる
権利がある

ねぇ、マタフェレ・ペイナム、

瞼は重くなって
そろそろ眠くなってきた頃ね
さぁ、目を閉じて
ぐっすりおやすみ

ママたちが守ってあげるから

きっと

＊初出は二〇一四年国連気候変動サミットのオープニングセレモニーで朗読。

ジャーナリストがやってきた

取材をしたいという
ジャーナリストがやってきた

彼らが聞きたいのは
乾燥して日焼けした皮膚のような
ベニヤ板の壁がひび割れた
あなたが生まれる前に
建てられた古い家のこと
水が流れ込んで
破裂した肺のように
その家が崩壊したこと
彼らは聞きたいのだ
あなたが目覚めたときには

ずぶ濡れになってしまっていた
日記のこと
インクが床に染み付き
両手にも染み付いたこと
彼らが聞きたいのは
割れた窓ガラスのこと
その破片が継母の足に
ギザギザに突き刺さっていたこと

「女は
いつまでも
海を
見てちゃいけない」

「こんなことが起きたのは
怖いもの無しの
お前のせいだ」

そう言いながら
あなたを責める隣人のように
あなたが自分を責めるのを
聞きたいのだ

これが
みんなが聞きたいこと

誰も聞きたくなどないのだ
あなたが想像している
かもしれないこと

ドアときれいな窓がある
草に覆われた丘の中腹に建つ
新しい家のこと
誰も聞きたくなどないのだ

数週間後には
深呼吸して
あなたが歩き出そうとしていること
今はただ

前へと

摂氏二度

この前の晩、熱を出した一歳の娘が
わたしの胸に体を押し付けてきた

体温計とにらめっこする
三七・六度
医者によると
厳密には
三八・〇度からが
発熱したことになるらしい
でも娘の顔は真っ赤で
生気もなく
わたしの膝の上でぐったりしている

いつものペイナムは
ぽっちゃりした足で
アヒルみたいによちよち歩き
膝を震わせながら
歩くと黄色に光る靴で
礁原を踏みしめている

このわずかな温度差に
こんなにも違いがあるなんて

科学者たちは言う
人間があと二度
この世界を温暖化させたなら
大災害が起こるだろうと
想像してみて
北アメリカの山火事が四〇〇パーセント増加し
動物が三〇パーセント絶滅し

飲み水が二〇パーセント減少し
故郷を追われた数え切れないほどの人びとが
一体何が起こったのかと慌てふためきながら
世界をさまよう様子を

気候変動会議で
同僚の一人がわたしに言う
二度が交渉の妥当な数値だと
わたしは彼に言う
マーシャル諸島にとって二度は
賭けだと
温度が二度上昇すれば諸島は
水面下に沈んでしまうだろうと
だから我が国のリーダーたちは
一・五度を主張しているのだと

〇・五度の差は小さく

大したことはないと思われているのだ
〇・五度の差なんて
パン屑ほどのものだと
地図上で見る
マーシャル諸島のように
テーブルから払い落とし
手から拭い去られる
ただのパン屑のように

ペイナムはすっかり回復して
裏庭をひょこひょこ動き回って遊んでいる
小石や落葉をプラスチックのバケツに
落として入れては空にして
また初めから同じことを繰り返している

それを見ながらわたしは無益な行いについて考える
世界は同じ過ちを繰り返してきたのではないかと

産業革命以来
ある科学者*が二度を目安だと言った
一九七七年以来

予期せぬ高潮が
キリ島を襲い
核の歴史がその血筋に流れる入院患者たちが
ある日、目覚めるとそこは
荒れ狂う水の世界だった
すごい勢いで押し寄せてくる海水
注射器やガーゼが浮かぶ汚水

その後
患者たちはベッドごと病院の外へと押し出され
太陽の下に置き去りにされた
身も心もぼろぼろだったに違いない
わたしの故郷の人びと

海水と放射線を浴びて
悲鳴をあげながら
疲れ果てた体であてもなくさまよう
世界は自分たちを
太陽の下に押し出し置き去りにしたまま
手を払い除け、きれいさっぱり
拭い去るのではないかと
不安になる

父が言っていた
小潮《イリック》、すなわち満干潮の潮位差が最も小さくなるときが
釣りには最適なのだと

もしかしたらわたしは
潮位差を小さくするために
詩を書いているのかもしれない
世界が均衡を

保てるように

世界の人びとが思い出してくれるように
議論や
数値や
統計の向こう側にいる
遠く離れたこの地の
人びとの顔を
黄色に光る靴で
礁原を踏みしめている
歩き始めたばかりの幼子を

まだ水面下に
沈んではいないこの地を

＊科学者　「地球温暖化の統合評価モデル」などの功績によって二〇一八年にノーベル経済学賞を受賞したアメリカの経済学者ウィリアム・ノードハウスは、一九七七年以来、二度以上の気温上昇があった場合に重大な影響がもたらされることを訴えていた。

女よ
かごを傾けよ
大地へとあふれ出す
たくさんの
　　　　　　　贈り物
　　　　　　　　　　　与えて
　　　　　　　　　　　　　　与えて
　　　　　　　　　　　　　　　　　与え尽くせ

　　　　　　　　　　　　　　　　　　　　　砂の
　　　　　　　　　　　　　　　　　　　　　　歴史

　　　　　　　　　　　　　　　　　　　　　　サンゴ礁の
　　　　　　　　　　　　　　　　　　　　　　　記憶

　　　　　　　　　　　　　　　　　　　　　　　　その子宮は
　　　　　　　　　　　　　　　　　　　　　　　　命をつなぐ場所

　　　　　　　　　　　　　　　　　　　　　　　まどろみながら

　　　　　　　　　　　　　　　　　　　　　　夢を見た

　　　　　　　　　　　　　　　　　　　　わたしの言葉は

　　　　　　　　　　　　　　　　　海流

　　　　　　　　　　　巡り続ける

　　　あなたに出会うために

かご

女よ
かごを傾けよ
大地へとあふれ出す
たくさんの
贈り物
与えて
与えて
与え尽くせ

削られる
海底
投げ捨てられる
ごみの
受け皿

その
体は
征服され
搾取される
大地

わたしたちは
取り
わたしたちは
奪う

そして
あなたは
与え続ける

解説

Ⅰ 詩人について

「わたしたちには、ただ生き延びるだけでなく、豊かに生きる権利がある」。

二〇一四年、ニューヨークで開催された国連気候変動サミットのオープニング・セレモニーの会場に、ひとりの詩人の声が響き渡った。彼女の名はキャシー・ジェトニル＝キジナー。一一五ヶ国五四四人の候補者のなかから世界の市民団体を代表するスピーカーに選出された、マーシャル諸島出身の詩人である。ジェトニル＝キジナーはこのサミットで、太平洋島嶼国を襲う気候変動の影響とその対策の必要性を訴え、水没の危機から故郷を守ることを娘に誓う「ねぇ、マタフェレ・ペイナム」を情感豊かに朗誦した。[1] その詩のパフォーマンスは、各国首脳の心を動かし、ソーシャル・メディアを通して拡散された映像は、世界中で共感を呼んだ。本書は、詩という文学的実践を通して、人びとを鼓舞し、連帯を促し、社会正義を模索してきたジェトニル＝キジナーの初の詩集『開かれたかご』（*Iep Jāltok: Poems From A Marshallese Daughter*, The University of Arizona Press, 2017）の全訳である。[2]

ジェトニル＝キジナーは、一九八九年マーシャル諸島共和国の首都マジュロに生まれた。六歳で両親とともにアメリカに移住、二〇代の前半までハワイやカリフォルニアで過ごし、現在はマーシャル諸島を拠点に活動している。ハワイの高校で「スラム」と呼ばれるパフォーマンス形式の詩によって社会的課題にアプローチする言語芸術に出会い、カリフォルニアのミルズ・カレッジで詩作を中心にクリエイティブ・ライティングを学んだ。大学卒業後に戻ったマーシャル諸島で、気候変動による高潮の被害を経験して以来、環境問題に関する詩やアート・パフォーマンスをＦａｃｅｂｏｏｋやホームページで発信している。教育のほとんどをアメリカで受けたこともあり、創作の多くを英語で行う。

国連でのパフォーマンスを通して、気候変動と闘う太平洋島嶼国の象徴的存在となったジェトニル＝キジナーは、その後も積極的に活動の領域を広げてきた。現在、世界がもっとも注目する気候変動活動家の一人と言っても過言ではないだろう。二〇一五年には雑誌『ヴォーグ』（*VOGUE*）の「一三人の気候戦士」に選出され、国連気候変動枠組条約締約国会議（ＣＯＰ）をはじめとする数々の国際会議に登壇、マーシャル諸島環境省の気候変動特命大使にも任命された。二〇一二年に自身が設立したＮＧＯジョージクム（Jo-jikum）[3]での活動を通して、次世代の環境活動家の育成にも携わっている。来日経験もあり、二〇一七年に環境活動団体アース・カンパニーの招聘で東京、広島、岡山などで講演やワークショップを、翌二〇一八年には六本木アカデミーヒルズで開催されたイノベーティブ・シティ・フォーラムで基調講演を行っている。また二〇一九年には、小泉進次郎環境大臣（当時）と二度にわたって面会し、マーシャル諸島における気候危機を訴えるとともに日本の協力を求めた。

活動家としての一面をもつこの詩人にもっとも大きな影響を与えたのは、彼女の母ヒルダ・ハイネであろう。冒頭の献辞が示すように、この詩集は詩人の「インスピレーションの源」とされる母に捧げられている。ハイネは政治家で、二〇一六年、マーシャル諸島初の女性大統領となった人物である。さらに、親族にあたる同国の元外相トニー・デブルムからも深い影響を受けた。デブルムは核軍縮の履行を求めて国際司法裁判所に核保有国を訴え、アメリカがマーシャル諸島で実施した核実験による被害問題に取り組むとともに、気候変動問題においてもリーダーシップを担ってきた。二〇一七年のデブルムの死去に際して、彼の秘蔵っ子であったジェトニル＝キジナーは、その遺志を受け継いでいくことを表明している。[4] 文学と政治、フィールドは異なるが、このような身近なロールモデルがこの稀有な詩人を育んだのである。

II　なぜ、詩なのか？――「スポークン・ワード」と「文字の詩《ページ・ポエム》」の境界を超えて

気候変動サミットで「スピーチではなく、なぜ、詩という表現手段を選んだのか」と問われたジェトニル＝キジナーは、「スピーチと比較して、詩のほうがひとつひとつの言葉にものすごく想いを込めて、言葉を選んで選んで書くので、心に響きやすいと思うんですね。聴いたり読んだりした人の心に、詩のほうが突き刺さりやすいということはあると思います」[5] と答えている。彼女の言葉がより多くの人の心に届いたのは、他の言語表現よりも短く、鋭利で、より凝縮された詩的言語の特性によるものだろう。加えて、

彼女が書き言葉だけではなく、「ポエトリー・リーディング」もしくは「スポークン・ワード」という、詩を声に出して表現するパフォーマンスの形式を多用する詩人であることも大きく関係している。

欧米では、様々なイベントで詩人が自作を朗読する機会がある。アメリカ現代詩においてポエトリー・リーディングといえば、アレン・ギンズバーグをはじめとするビート・ジェネレーションの詩人が思い出される。また、二〇二一年の米大統領就任式で「わたしたちの登る丘」を披露した、Z世代を代表するアフリカ系アメリカ人の詩人アマンダ・ゴーマンのエネルギッシュなパフォーマンスも記憶に新しい。大学在学中にリーダーシップ教育を支援するNPOを立ち上げ、詩作によって環境問題、人種問題、ジェンダー問題などに積極的に言及するゴーマンの姿勢は、ジェトニル＝キジナーのそれと通じるところがある。このような詩のパフォーマンスは近年、ポエトリー・リーディングというよりむしろスポークン・ワードと呼ばれることがある。これら二つの線引きは曖昧だが、スポークン・ワードは、労働者運動や公民権運動などと関連付けられ、何らかの主張や思想、メッセージ性をもったものであることが多い。[6]

ジェトニル＝キジナーは、スポークン・ワードの詩人として花開いていった。最初は新聞などに詩を発表していたが、自作の詩の朗読パフォーマンスをＹｏｕＴｕｂｅにアップしたところ、その反響の大きさから、「声の芸術」としての詩の威力を実感したと語っている。[7] マーシャル語にはもともと文字がない。現在はその発音体系に合わせてアルファベットを微調整した文字が使用されてはいるが、口承文化の伝統が色濃く残っている。そのためマーシャル諸島では特に、文字で書いたり読んだりするよりも、スポークン・ワードの形式が馴染むのだと彼女は言う。

ジェトニル＝キジナーはこれまでに映像作品も数多く制作し、世界各国の芸術祭などでもアート・パフォーマンスを行ってきた。日本でも二〇一九年の山形国際ドキュメンタリー映画祭で、本書に収められた「ねぇ、マタフェレ・ペイナム」（二〇一四）のほか、「かごから落っこちた島々」（二〇一七）、「聖なる力」（二〇一八）、「立ち上がって　島から島へ」（二〇一八）といった映像作品が上映され、二〇二〇年の横浜トリエンナーレでは「聖なる力」が再上映された。そのパフォーマンスの様子や映像作品のほとんどは彼女のオフィシャルサイトやＹｏｕＴｕｂｅ等で視聴できる。作家本人の肉声と身体表現を伴う映像詩は、臨場感をもってその内容をヴィヴィッドに伝え、声の芸術としての詩の魅力を感じさせるものとなっている。

　聴衆の視覚と聴覚に直接的に訴え、ドラマティックに人びとの感覚を巻き込んでいくのが、身体のリズムに基づいたスポークン・ワードの力だとすれば、紙面に書かれた「文字の詩《ページ・ポエム》」ならではの強みもまたある。書かれた言葉は、読者自身のリズムで何度も読み返すことができ、その味わいを深めてくれる。また、ジェトニル＝キジナーによれば、書かれた詩は文字の配置により様々な「形」を表現することができる。[8] これはスポークン・ワードの「音」では表現できないことのひとつである。本書の詩のいくつかはユニークな形象詩であり、視覚的な効果をもたらしている。

　スポークン・ワードの詩人は伝統的な文字の詩を敬遠し、書かれた言葉に依拠する詩人はスポークン・ワードを洗練されていないとみなす傾向がある。[9] しかしジェトニル＝キジナーは、両者の対立する感情を捉えて、詩という言語芸術にそのような線引きはいらないと考える。そして、自らの詩作において重視するべきは、どちらかの形式にこだわることではなく、むしろこのような形式の境界を超えて、「語られるべき物語が最も ふさわしいやり方で語られるようにすること」だと述べている。[10]

Ⅲ　マーシャル諸島をめぐる歴史

ジェトニル＝キジナーの詩からは、マーシャル諸島という場所と人びとの記憶に刻まれた深い傷の疼きが生々しく伝わってくる。その痛みを語ることは詩人にとって、世代を超えて受け継がれるトラウマと向き合い、奪われた尊厳を取り戻すことを意味する。[11] 詩を書くことは「逃避」ではなく「高級」なことでもないと語る彼女は、詩の言葉に込められた感情が、彼女自身、そして共同体を支えてゆくために必要不可欠なのだという。[12] 歴史的トラウマとそれを生んできた社会の不公正をまなざす鋭利な批評性をもつこの詩人の作品を読み解く前に、日本とも関係が深いマーシャル諸島をめぐる歴史について触れておきたい。

彼女の故郷マーシャル諸島共和国は、日本から南に四千キロほど離れた中部太平洋に位置している。サンゴ礁がリング状につながった二九の環礁と五つの独立した島からなる海洋国である。コバルトブルーの海にサンゴ礁、白い砂浜が美しい島々と書けば、いかにも「楽園」といった印象を与えるかもしれない。しかしこの地が歩んだ歴史を辿れば、「大国」に翻弄され続けた過去が浮かび上がる。

マーシャル諸島の西欧社会との最初の接触は、スペインの探検家によって「発見」された大航海時代の一五二六年にさかのぼる。現地の人びとが「ラリック」「ラタック」と二つの列島に分けて呼ぶ島々に「マーシャル諸島」という呼称が与えられたのは、一七八八年にイギリスの囚人護送船の船長がこの地を訪れたことに由来する。スペインやイギリスによって植民地化されることはなかったが、一九世紀後半になって、石鹼や食用油などになるココヤシの果実の胚乳を乾燥させたコプラの需要が西欧社会で高まると、一八八五年にドイツがこの地を保護領とし、コプラ交易を行うようになった。一九一四年に第一次世界大戦が始まると、ドイツに宣戦布告した日本が、その支配下にあったマーシャル諸島を含むミクロネシアを占領し、ドイツの敗戦後は「南洋群島」としてこの地域を統治した。[13]

一九世紀に始まる帝国主義と植民地化の歴史に続いて、日本とアメリカが始めた戦争は、マーシャル諸島に暗い影を落とすこととなった。第二次世界大戦が勃発すると、日本海軍は諸島の島々に基地を作り、軍事的拠点とした。太平洋戦争時には日米軍の激戦地となり、地上戦が展開されたクワジェリン環礁とエニウェトク環礁では、島民も戦闘に巻き込まれ命を落とした。[14]

一九四五年、第二次世界大戦は終結したが、マーシャル諸島の人びとにとって、それは平和を意味するものではなかった。アメリカとソビエトの二大国が核戦力を背景に対立した冷戦が始まり、マーシャル諸島を信託統治領としたアメリカが、一九四六〜五八年にかけてビキニ環礁とエニウェトク環礁で、合計六七回にも及ぶ核実験を行ったからである。これは広島型原爆に換算すれば、七千発以上に相当するという。実験で生じた放射性降下物によって深刻な環境汚染がもたらされ、人びとは世代を超えて続く被曝の影響に苦しめられた。実験場となった島の島民は別の環礁に強制移住させられ、残留放射線のために住み慣れた土地を追われることとなった。[15]

植民地時代、さらには核時代を生き抜いてきたマーシャル諸島は、一九八六年にアメリカからの独立を果たした。しかし、両国間で締結された自由連合協定が、諸島の人びとの生活や社会の足かせとなってきた状況がある。この協定は、アメリカが軍事権を獲得する代償として財政援助を行うというものであり、これによってマーシャル諸島は大陸間弾道ミサイルの実験場とされるなど、常にアメリカの軍事開発の最前線に置かれることとなった。さらには経済開発の波も押し寄せた。海外からの消費文化と食文化の流入によって、廃棄物による環境汚染が引き起こされ、加えて糖尿病やアルコール依存症などの健康上の問題を抱える島民が増加しているという。[16]

そして今、新たにこの地の人びとを襲う問題が気候変動である。気候変動には自然的要因と人為的要因があるとされるが、近年の「気候変動に関する政府間パネル（ＩＰＣＣ）」の報告などでは、人為的要因の大きさが指摘されてきた。一八世紀半ば以降、人類が化石燃料を大量に使用しながら産業化を進めてきた結果、二酸化炭素などの温室効果ガスが過度に放出され、地球の温暖化が起きている。地球温暖化がもたらす影響は、干ばつ、大洪水、海面上昇など多岐にわたり、それによる貧困や飢餓、難民も増加している。とりわけ近年、この温暖化に起因すると見られる様々な異常気象と被害が世界各地で報告されており、日本も例外ではない。しかし、海抜平均二メートルのマーシャル諸島をはじめ太平洋の島嶼地域は、この地球上で最も深刻な温暖化の影響を受ける場所となっているのである。

このようにマーシャル諸島の歩んだ歴史を概観してみると、様々な問いが湧いてくる。たとえば、マーシャル諸島がかつて日本の統治領であったという史実は、今ではほとんどの日本人の記憶にのぼらない。それはなぜなのか？　統治下で島民に行われた日本語教育のため、マーシャル語には今でも日本語由来の言葉が残り、日本語を覚えている島民もいるという。翻って、この日本でマーシャル語を学び理解できる人は一体どれほどいるだろう。「ビキニ事件」というと、アメリカによる水爆実験で被曝した日本の漁船第五福竜丸がまず思い出される。しかし、そこに住んでいた人びとが受けた甚大な被害について思いをめぐらすことがあっただろうか？　マーシャル諸島は、地球温暖化の原因である温室効果ガスをほとんど排出していない。にもかかわらず、日本をはじめとする先進国の発展の陰で、マーシャル諸島のような国々が一番先に大きな被害を受けてしまっている不条理を、わたしたちはどのように受け止めればよいのか？

現代の日本において、マーシャル諸島が人びとの関心の対象となることはきわめて少ない。太平洋島嶼地域における歴史や文化を研究するグレッグ・ドボルザークは、特に日本人が戦前の太平洋島嶼国との関わりに無自覚な傾向を捉えて「日本の記憶喪失《アムネシア》」と呼んだ。[17] ドボルザークは、こうした忘却のなかで日本人が「太平洋の隣人」との新たな関係を築き上げたり、「自分たちの過去を批判的・建設的に理解したりする力を奪われている」と指摘する。[18] ジェトニル＝キジナーの詩は、わたしたちが偏った知識や意識、さらには忘却されてきた事柄について考え、「太平洋の隣人」と出会い直してゆくための道標となるだろう。この詩人の名を世界に知らしめたのは気候変動をめぐる作品だが、彼女にはマーシャル諸島の歴史を伝えるすぐれた作品も数多くある。日本人とドイツ人を曾祖父にもち、アメリカへの移住経験を経て、英語を駆使し、現在もマーシャル語に残る日本語を散りばめながら詩作を行うこの詩人の作品には、マーシャル諸島が歩んだ歴史そのものが刻印されている。彼女の繊細な感性が紡ぐ詩の言葉は、わたしたちの心を揺さぶり、その意識に新たな局面をもたらす。そして、この地と人びとが経験してきた植民地化、放射能汚染や地球温暖化をめぐる問題が一体どのようなものなのかを手触りをもって伝えるのである。

二〇世紀までの植民地主義、マイノリティへの排他主義は、グローバル資本主義、新自由主義や新植民地主義のなかに形を変えて現代にも受け継がれ、経済的格差の拡大、歴史認識の相違、土地、環境や資源をめぐる世界的諸問題を生み出してきた。このような近現代社会の歩みを見つめ直し、格差や差別のない持続可能な社会の在り方を再考する動きは、近年よく聞かれるようになったSDGs（持続可能な開発目標）にも表れている。先進国と途上国のあらゆる人や組織（国、地方公共団体、企業、NGOなど）が一丸となって達成すべき目標としてのSDGsの基本理念は、地球上の「誰ひとり取り残さない」ことであるが、このような基本理念を実現するためには、表層的な取り組みだけでは十分ではないことは明らかだ。様々な格差や差別を生んできた社会構造とその実態に目を向けるとともに、その被害を受ける当事者の声にまず耳を傾けることが肝要である。その第一歩として今、聞かれるべき声があるとしたら、それはたとえばジェトニル＝キジナーのものだろう。

Ⅴ　本書の構成と詩の解題

「話し手に向けて聞かれたかご」という意味のマーシャル語の表題が付けられたこの詩集は、四部から構成され、全部で二八篇の詩が収められている。[19] ジェトニル＝キジナーの詩は、音節の数や詩句の数に一定のパターンがあり、音韻を踏むなどの技巧を凝らしたものもあるが、その多くは押韻や韻律に捉われない形式で書かれた自由詩である。ここからは、本書に収められた各詩を味わってみよう。

第一部　開かれたかご

第一部には、マーシャル諸島の伝説・歴史・文化、さらには詩人自身の家族史を伝える詩が収められている。ジェトニル＝キジナーは、ハワイ大学マノア校の太平洋島嶼国研究の大学院で、修士論文のプロジェクトとして、老人たちに聞き取り調査を行いながら、マーシャル諸島の口頭伝承について学んだ。[20] 詩集のエピグラフでは、母系社会であるマーシャル文化において、女の子は親族への恵みが詰まったかごのような存在であることが説明されている。詩集の冒頭を飾るのは、かごを象って文字が配列され、左右が対を成すように構成された一篇である。母系社会とは、母の血縁ないしは系譜に従って、財産や地位の継承を行う社会のことである。たとえば人間が居住し生きる糧を得るために必要不可欠な土地は、マーシャル諸島においては母系の血縁関係によって相続され、年長者の女性が一族の男性の中から管理者を任命することで管理が行われていく。[21] 歴史的にマーシャル諸島の女性は確固とした地位と役割をもち、「恩恵を施すもの」として大きな影響力と権力を有している。そのように考えると、かごを傾けテーブルに向けて中身を差し出すよう「女」に促す声は、マーシャルの伝統社会の構造を支える原理に基づき、構成員の女性に向けられた社会的要請を表すものということになるだろう。けれども詩の第一連目をよく見ると、左側は「テーブルに向けて」、右側は「テーブルに着いて」となっており、呼びかけられた女の立ち位置が微妙に異なっていることに気づく（英語の原文では、それぞれ平面を横切る運動を表す"across"と進む方向を示す"towards"が用いられている）。つまり、左の女はすでにテーブルに着いている状態だが、右の女はテーブルから少し離れたところに立っていて、近寄ってかごの中身を与えるように促されているのだ。女への呼びかけに続く後の部分は、左右で大きく異なる。詩の左半分はマーシャル社会の伝統的な女性の地位と役割を表現しているのに対して、右半分では「底を突いて／器がすっかり／空っぽに／なったら？」と「わたし」は呼びかけを訝《いぶか》る。母系社会の原理は、変容しつつも現代のマーシャル諸島に受け継がれているというが、この詩は植民地化によって、西欧の市場経済や家父長制の影響を受けて女性の立場が変化したことを表しているようであり、アメリカで育った詩人をはじめ若い世代が、伝統に馴染めない心情を描いてもいるようだ。

「レクタグル」は、マーシャルの伝統や文化を象徴するカヌーをめぐる伝承の再話である。海洋に囲まれたマーシャル諸島において、古来より人びとは航海術にすぐれ、伝統的なマーシャル・カヌーで島々をめぐりながら食糧を調達し、親族のネットワークを維持してきた。レクタグルの物語は今も人びとの間で語り継がれているというが、本詩はカヌーを動かす帆は女性（母）の象徴であり、先にも触れた年長者の女性が一族の男性の中から土地の管理者を任命するという母系社会の原理を伝える一篇である。

マーシャル諸島では、海、岩、木、サンゴ礁などがどのようにして生まれたのかを語る創世神話があり、あらゆるものに精霊が宿ると信じられてきた。特に石は永続性や土地とのつながりを表すものであり、石にまつわる伝承は数多く残されているという。「リウェトゥンモウル」は、そうした伝承のひとつをモチーフにしており、キリスト教のなかでも偶像崇拝を禁じるプロテスタンティズムがドイツによる植民地化とともに布教されて以降は、土着の精霊への信仰が禁止されるようになった経緯を、打ち捨てられたリウェトゥンモウルと、一人残されたリレプレプジュという岩の姉妹の視点を通して描きだす。「土地には私たちを破壊する力がある。土地には目があり、人間の仕業を記憶しているのだ」と語るジェトニル＝キジナーは、伝承の精霊が、人びとに幸福をもたらすだけではなく、むしろ禍をもたらすものとして恐れられてきたのは、それが人間と土地との関係のあり方を教えているからだと説明する。[22] この詩からは、人間の罪や過ちに対する自然の復讐をめぐる伝説を想起しながら、土地への倫理を今一度見つめ直そうとする詩人の姿勢が見てとれる。

それに続く詩「リレプレプジュ」は、残された伝説の岩に「会いに行こうよ」と読者を誘う。その土地の風景を喚起する詩人の言葉に導かれ、わたしたちはリレプレプジュに対面する。読者をたずさえて伝説の女神の前に立ち、「あなたに祈りを捧げ／導きを得るために／ここに来ました」と語りかける詩人の言葉には、先の詩と同様に、土地の伝承や先住民の知恵を通して気候変動の問題と向き合う決意が宿る。

第一部の最後に置かれた「海の遥か遠く」は、詩人の母方の家族史にまつわる詩である。上側は、ドイツ人の曽祖父が作った家族に伝わる歌の歌詞を母が英訳したものだという。この歌には、宣教師としてマーシャル諸島にやってきたドイツ人の曾祖父の望郷の思いが表現されている。しかし続く頁で詩人は、曾祖父の目線からの郷愁に満ちた歌詞を翻案し、その歌には現れない「アルベラおばあちゃん」と「ネニジおばあちゃん」という二人のマーシャル人の曾祖母の物語を語る。この再翻訳を通して、「水の手をした文明」としての曾祖父の物語の背後に隠されたマーシャル女性たちの物語を、西欧中心主義や植民地主義の歴史を批判的に捉えるポストコロニアル的視点から蘇らせるのである。

第二部　ヒストリー・プロジェクト

第二部には、マーシャル諸島におけるアメリカの核実験の歴史を描いた詩が並ぶ。最初の「釣り針にかかって」では、「彼」という二人称を通して、マーシャル諸島が太平洋戦争末期に日米の戦闘に巻き込まれ、日本の統治下で島民が経験した拷問や食糧管理統制による飢えが語られると同時に、戦後はアメリカの「核の帝国主義」もしくは「新植民地主義」に取り込まれていく様が描かれる。「光り輝く食べ物の塔」の代償としてアメリカの「信託統治領戦略地区」となった島で、「禁じられた釣り針」に取り憑かれたように、指の間から滴る脂を舐めるのを止められない男の姿は、この飢餓経験がいかに人びとにトラウマを与えるものであったかを想像させる。[23] さらにはアメリカの食生活がもたらされたために伝統的食文化が変容し、様々な健康上の問題を抱えることになった経緯も伝わってくる。マーシャル諸島の核時代の前史に、日本の帝国主義の歴史があったことを想起させる本篇は、「釣り針」というメタファーを用いて、日本とアメリカという二つの帝国の侵略の狭間で身動きが取れない状態に置かれたマーシャル諸島の歴史そのものを前景化する。ドボルザークは「ミクロネシアでの日米権力の継続性は、現代の太平洋上の国際関係における危機的な盲点である」と指摘しているが、この詩はマーシャル諸島の人びとの視点から日米の帝国主義の連続性を見事に描き出しているといえよう。[24]

たった五行で表現された「Bといえば」は、驚くほど短い詩だ。省略記号のようなものや、数字も記されている。よく見るとこれは辞書の記述スタイルであり、実在のマーシャル語・英語辞典からの抜粋である。[25]「英語由来」の語彙であるマーシャル語の「baam」。意味は「爆弾」。「Kobaam ke?（あなたは放射性降下物に汚染されていますか?）」という例文が添えられている。「ド」は「ドーナツ」の「ド」のように、マーシャル語で「B」といえば、「爆弾 Bomb」すなわち「核爆弾」なのだ。アメリカ政府が核実験による被害を認定しているのは、ビキニ、エニウェトク、ロンゲラップ、ウトリックの四島だけであるが、被曝がより広域に及んでいることは、現地の住民の証言やアメリカの公文書などからも明らかである。[26] 本書に収められたほかの詩からもわかるように、被曝の影響は、流産や死産、がんや甲状腺の疾病といった身体的なものから、文化や暮らし、さらには人びとの精神の領域にも広がっている。水爆実験がマーシャル諸島の人びとに与えた衝撃の大きさを鮮烈に表現した一篇である。

第二部の表題にもなっている「ヒストリー・プロジェクト」は、移住先のアメリカで、マーシャル諸島の核の歴史をめぐるプロジェクトに取り組んでいる（詩人本人を思わせる）被曝三世の少女の視点から描かれる。本詩は、敬虔なキリスト教信者が多いマーシャル諸島の人びとに対して、「人類のため」「神さまはあなた方に感謝されるだろう」という体の良い言葉で核実験の必要性を説いたアメリカの軍事戦略の欺瞞を炙り出す。この詩に引用されている「あそこにはたった九万人しかいない。構うもんか」という言葉は、核政策を担っていた国際政治学者ヘンリー・キッシンジャーが、マーシャル諸島での核実験を推進しようとした際の発言である。山羊や豚などの家畜が実験台にされたことへの抗議が湧き起こったのに対して、このキッシンジャーの発言に象徴されるように、マーシャル諸島の人びとの存在は軽視されてきた。そして現在においても、彼らの経験した水爆実験の被害が等閑視されていることは、プロジェクトの意図を理解しようとはしない「はげ頭の白人の審査員」の言葉からも明らかである。本詩にはそうした独善的な権力への内省を欠いた歴史認識への少女の憤りと失望が表現されている。

ジェトニル＝キジナーは、祖父母をはじめ近親者の多くをがんで亡くしている。「フィッシュボーン・ヘア」は、二〇一一年に白血病で幼くして亡くなった姪ビアンカの死に際して書かれたものである。この詩は、ビアンカを失った詩人の悲しみとともに、核実験によって環境に拡散され残り続ける放射性降下物が、世代を超えて人びとの身体をむしばみ、命を奪ってきた事実を伝える。また、一九世紀アメリカの西部への領土拡大とそれに伴う西漸運動を、神から与えられた「明白な運命《マニフェスト・デスティニー》」であるとして正当化したスローガンを彷彿とさせる言葉を用いて、ビアンカを襲う白血病とアメリカの（核の）帝国主義が批判されている。抜け落ちる髪や魚の骨のような形に編み込まれた網を連想させる文字の配置による形象が印象的な本詩には、グアムの先住民チャモロの女性たちが自らの髪で編んだ網で「サンゴ礁を食らう巨大魚」から島を救ったという伝説も盛り込まれている。それは、女性たちの連帯によって核被害と闘い続ける意志の表れであろう。マーシャル諸島において、水爆ブラボー実験が行われた三月一日は「核被害者追悼の日 Nuclear Victims Remembrance Day」と呼ばれる記念日になっている。本詩のポエトリー・リーディングは映像化されており、二〇一六年のこの日にインターネットで公開された。[27]

第三部　ハワイから学んだこと

第三部には、六歳でハワイに移住し、学生時代をカリフォルニアで過ごした詩人のアメリカでの体験から生まれた詩が集められている。

「マキキ通りへの飛行」は、詩人の幼少期の思い出から紡ぎ出された作品である。マーシャル諸島からハワイへ移住してくるいとこに、移住三年目の先輩として付き添う心情が描かれている。移動の機内で、早くもホームシックになって泣き出すいとこを前に、「ジューシーフルーツガムでなら／君の心のひりひりする痛みを／噛みとることができるかな」「ココナッツ味の球体を口に含めば／故郷の／サンゴ礁のほとりに佇む我が家を／離れるさみしさを／剝ぎとれるかもしれない」と、九歳の詩人が頭をフル回転させる様子が愛おしくて切ない。たとえマーシャル諸島とは全く異なる「糊付けされて／毎晩折りたたまれるような／生活」が待っていたとしても、「それもきっと悪くない」といとこを励ます言葉は、詩人が自らに向けて語った言葉のようにも思われる。故郷を後にする痛みを乗り越え、新たな環境に適応してゆくしなやかな少女たちの姿が目に浮かぶ。

「薔薇の花のいとこ」に描かれるのは、先の詩で描かれたいとこの数年後の姿だろうか。ハワイへ移住して時が経ち、すっかり現地での生活に馴染んだ様子で、信号無視運転にカツアゲまがいの行為を繰り返し、酒に酔っ払って夜中に人様の家の庭に倒れ込む。一筋縄ではいかないこのいとこは「（白人のように）詩を書いたりピアノを弾いたりする」からという理由で詩人をいじめることもある。しかし最後まで読み進めると、これは愛憎半ばする感情を抱き、傷つけ合いながらも、深い絆で結ばれた二人の物語であることが明らかになる。詩人の表現への扉を開いたのは、大学でサモアやフィジーなどの太平洋諸島文学を学び始めたこのいとこなのだ。足首に彫られたタトゥーの薔薇の刺にも似た彼女の辛辣さが、詩人を育み開花させていったことが「薔薇（花）」をめぐる巧みなメタファーによって表されている。ジェトニル＝キジナーは、いとこに促されて書いたこの詩がハワイ大学のコンテストで入賞したことをブログに書き記している。[28]

『大草原の小さな家』は一九七〇年代後半にアメリカで制作された人気テレビドラマシリーズで、日本でも一九七五〜八二年にかけてＮＨＫ総合テレビで放映され、二〇一七年からはＨｕｌｕでも配信されているので、タイトルに聞き覚えがある読者は多いかもしれない。「ローラ・インガルス・ワイルダーへ」という詩は、このドラマの原作となった自伝的小説の作者ローラ・エリザベス・インガルス・ワイルダー、もしくは作品の主人公に向けた手紙の形式で語られる。幌馬車でウィスコンシン州、カンザス州、ミネソタ州、サウスダコタ州と移り住む西部開拓時代の一家を描いたこの児童書は、幼い頃の詩人の愛読書だったようだ。しかし、前半の主人公ローラに自身を重ね合わせた無邪気な幼少期の思い出語りは、後半で明から暗へと反転する。成長した詩人が、子どもの頃に困惑させられた人種差別的表現の意味を理解した瞬間が描かれるのである。「この頁のあわいに折りたたまれるようにして」隠された、小説には描かれないネイティブ・アメリカンの人びとの存在は、核実験や気候変動で故郷を奪われながらも、社会的・政治的要因から不可視化されてきたマーシャル諸島の人びとの姿にも重なる。

「ビアンカの弾ける笑顔」には、「フィッシュボーン・ヘア」にも登場する白血病で亡くなった、詩人の姪ビアンカの生活が描かれている。この詩は、白血病をはじめがんの罹患率が高いマーシャル諸島では「めずらしくはない」とされる闘病生活の過酷さを浮き彫りにする。冒頭に「父に捧げる」とあるので、この詩に登場する「あなた」は詩人の父を指しており、孫の病室を見舞う祖父の心情を描いた詩と考えるのが妥当かもしれない。しかしこの二人称の視点は、読者への呼びかけにも思われ、独特の効果を発揮している。「あなた」という二人称に導かれて、読者は詩中の「あなた」と共に病室のビアンカに出会う。扉を開けた瞬間、わたしたちの目に飛び込んでくるビアンカの笑顔。そこから次第に彼女の鼻の栄養管や手首の静脈注射へと視線は移り、その笑顔とは裏腹に、彼女が必死に痛みに耐えていることに気づかされる。けれども、「あなた」はかけがえのない時間を愛おしむビアンカとのひと時を精一杯楽しもうとする。そうしていつの間にか面会時間は過ぎ去り、名残惜しさを押し殺して部屋のドアを閉める瞬間こみあげる嗚咽は、わたしたち読者のものでもあるかもしれない。

「ブーブー・ネイエンと長椅子に腰かけて」は、ハワイに移住した詩人がマーシャル諸島に里帰りして祖母と再会した時のことを描いている。久しぶりに会う祖母に聞きたいことや伝えたいことが山ほどある詩人は、もどかしさを募らせる。舌がんを患う祖母と、英語が母語のマーシャル語に取って代わり、「自分の母語を／借り物の言葉の下に埋めてしまう」詩人は、言語によるコミュニケーションを思うように取ることができないからだ。けれども祖母は、自身が刺繍したハンカチをそっと手渡し、その柔らかい手のひらで孫の手のひらをやさしく包みこむ。詩からは、会えなかった時間、二人の間に横たわる沈黙、気まずさや歯痒さ、そのすべてをゆっくりと溶かす太陽の光のような温かさが伝わってくる。これは詩人が祖母と共に過ごした最後の時間だったのだろうか。最終連には、その三ヶ月後にハワイの薄暗くひんやりした自室で、他界した祖母を思い浮かべる場面が描かれる。

「ハワイから学んだこと」は、英語の詩集を出版した最初のミクロネシア（ポンペイ島）出身の詩人で、太平洋諸島文学の担い手の一人であるエメリタ・キーレンに触発されて書かれた詩である。一九八六年以降、アメリカと自由連合協定を締結したマーシャル諸島では、アメリカへの移住者が増えた。ハワイには、同じくアメリカと自由連合協定を結んでいるミクロネシア連邦からの移民も多い。しかし、「アメリカン・ドリーム」を求めて移り住んだ先での生活は決して甘くはない。この詩には、ハワイに移住したミクロネシア人が経験する様々な人種差別や、「太平洋に点在する細かいパン屑のような」島々として十把一絡げにされ、社会のマジョリティから向けられる眼差しによって内在化されてゆく負のアイデンティティが語られる。

帝国主義や植民地主義が、世界でもっとも広大な海洋である太平洋に国境線を引く前、「太平洋島嶼国」

は、「遠い海の中に浮かぶ小さな島々」ではなく、島や海や空やそこに生息する動植物、さらには神の存在を含む果てしなく大きな世界だった。[29] 文化人類学者で太平洋諸島文学の始祖エペリ・ハウオファは、外から押しつけられた「小さくて弱い」という自己像を乗り越えるために「島々を含む広大な海」という太平洋島嶼国の新たなアイデンティティを提唱した。[30]「モンキー・ゲート」は、ハワイでのミクロネシア人に対する差別と同時に、ハウオファの言う「島々を含む広大な海」によって結ばれた彼らの絆を描き出してゆく。詩は二部に分かれていて、第一部ではホノルル空港のミクロネシア行きの飛行機の搭乗口が侮蔑的に「モンキー・ゲート」と揶揄されるエピソードが語られる。第二部では、起床から空港の出発ロビーに至るまで、ハワイから故郷へ戻るミクロネシアの人びとの旅立ちの朝が活写されている。大型バンに乗り込んで空港に向かう大所帯のマーシャル人一家、さらには空港のチェックイン・ゲートの長蛇の列で「ハグをして別れを言い」あう人びとの様子からは、ミクロネシアの人びとが共有する文化と緩やかな連帯が伝わる。

原文では船の形に文字が配置された「海で迷子」は、その詩の形状が印象的だ。加えて特徴的なのは、この詩が作中人物の心理をできる限り直接的に表現しようとする意識の流れの手法を用い、句読点なしで書かれていることだろう。中央部に浮かび上がった「夢見ることができずに」という太字の一節が示すように、自国の文化や社会から切り離され、ルーツを失い、ディアスポラとなった移住者たちの生きづらさが伝わる。平手で太ももを打つようなジェスチャーがドメスティック・バイオレンスのイメージへと変わり、民族衣装姿の聖歌隊の讃美歌は、性暴力と望まない妊娠の絶望感へと移り変わってゆく。母子家庭、貧困、薬物使用など、負の循環のなかに生きる人びとの日常と、そうした日々から逃げ出すようにドライブへと繰り出し、レゲエ音楽やスポーツに興じる様子が描かれる。カリフォルニアのサクラメントに移住したマーシャル人コミュニティの群像が、物語《ナラティブ》の体を為さず細切れに描写される様は、あたかも移動式のカメラが情景を次々に映し出していくようでもある。

「衝突事故」では、アメリカでの学生時代の経験が語られる。詩人は友人の故郷を訪れ、ドライブを楽しんでいたのだろうか。その時、二人が乗った車が事故を起こす。救助される過程で詩人は、スペイン語で話しかけられたり、名前の綴りを何度も聞かれたりして、メキシコ系移民や先住民と間違われる。事故による恐怖感に加えて、人種的差異を突き付けられたことによる疎外感が詩人を襲う。事故後、病院で処置を受けて帰り着いた友人宅で、シャワーを浴びながら「水が／肌の色も薄めてくれたら／いいのに」と願う詩人は、友人家族のブロンドの髪色を思い出し、自らの黒い縮れ髪を注意深く拭う。本詩は、車の「衝突事故」に掛けて、人種的差異の認識とそこから生じるアイデンティティ・クライシス（自己喪失）を描いた作品である。

「ベイでの最後の日々」はカリフォルニアのサンフランシスコのベイエリアで詩人が過ごした学生時代の、おそらくは恋人との青春の日々を情感豊かに描き出している。詩人がブログに最初に掲載したもので、初期の詩であると思われる。句読点を一切用いずに表現されているこの詩には、"sliding／sliding out" という太字の文字が上から下へと斜めに配置されており、あたかも時が滑り落ちてゆくように見える。時の流れを視覚的に表現した詩人の遊び心があふれる一篇である。日本語訳では、繰り返される "sliding" という言葉を文脈に応じて「滑り込む／つたう／這う／降り注ぐ／こぼれ落ちる／流れて／去って」と訳し分けた。

第四部　伝えて

第四部には、アメリカで育ったジェトニル＝キジナーがマーシャル諸島に再び戻ってからの生活が描かれ、特に気候変動の影響を主題にした詩が収められている。

「マーシャル語の会話レッスン　第九回」は、マーシャル語の教科書の会話練習のような体裁をとりながら、ディアスポラである詩人が言語をはじめ故郷の伝承や文化を学び直す過程が描かれている。「ブーブー・ネイエンと長椅子に腰かけて」にも描かれているが、幼くしてハワイに移住した詩人にとって、祖国の言語であるマーシャル語を流暢に話せないことはコンプレックスになっていたようだ。詩人は自身のブログで、アメリカの大学を卒業してマーシャル諸島に戻った当初、地元の語学学校で外国人と机を並べ、アメリカ人によって作成された教科書を使って外国語のようにマーシャル語を学んだ際の屈辱的な気持ちを綴っている。[31]この詩からは、支配者の言語で作品を書くポストコロニアル作家たちのものにも似た苦悩や葛藤と同時に、それをも自虐的な笑いに変えて、表現へと向かってゆく詩人のしたたかさが感じられる。

「ただの岩」は第一部に収められた「リレプレプジュ」につながる一篇である。母に促されて伝説の岩とされるリレプレプジュを初めて見た時のことを描いている。この時「礁原の岩」にしか見えなかったリレプレプジュは、のちに詩人が祈りを捧げ、導きを請う存在へと変化した。マーシャル諸島への里帰りは、詩人が大学院に進学し、諸島の口承文学について学ぶきっかけにもなった。この詩には、彼女が再び故郷に身を置き、その土地と出会い直してゆく様子が表現されている。

ジェトニル＝キジナーの母ヒルダ・ハイネが政治家であることはすでに述べた。ハイネは博士号を取得した初のマーシャル諸島国民であり、二〇一二年に教育相に就任したのち、女性初の大統領にも就任し、同国の女性の社会進出に大きな役割を果たした。「アウル環礁での選挙運動」では、ハイネが国会議員に出馬した初めての選挙戦の様子が描かれており、定員三三名のうち女性の議員はわずか一名というマーシャル諸島の女性の政界進出の困難さを打ち破ろうとする「女たち」の連帯が伝わる。女性の生活支援と権利確立を目指して一九八六年に創設されたＮＧＯマーシャル諸島女性連合会（ＷＵＴＭＩ：Women United Together Marshall Island）の宣伝をするいとこも登場するが、ハイネはその設立者でもある。選挙戦下での女性たちの活動の輪に加わりながら、「いつかあんなふうになりたいと願う」少女だった詩人は、マーシャル諸島のスポークスパーソンへと成長した。アウル環礁の美しい自然とともに、詩人の原風景を映し出す作品である。

表題にもなっている「伝えて」というフレーズの繰り返しが印象的なこの詩は、多くの読者にとって「小さくて遠い」マーシャル諸島とそこに生きる人びとの存在が具体的なイメージとともに喚起される工夫の凝らされた作品である。本詩は、アメリカの主要な詩のオンラインジャーナル『ジャケット２』（*Jacket 2*）でも紹介され、ジェトニル＝キジナーが気候変動会議の市民代表スピーカーに選出されるきっかけを作った。「この島々を失えば／わたしたちはもう／わたしたちではなくなるのだ」という最後のフレーズからもわかるように、詩には古代から諸島の自然環境と強く深く結びついてきた人びとと社会が描かれる。そして、海抜二メートルの島を襲う高波・高潮・冠水の被害、さらには将来島全体が水没してしまうかもしれないことの重大さを伝えるとともに、「伝えて」という直接的な呼びかけによって、マーシャル諸島を取り巻く現状を伝える主体の位置へと読者を導いてゆく。この詩のもうひとつの特徴は、マーシャル諸島の人びとを「丸木をくり抜いたカヌーの舟体」「フクシアの花の冠」「パパイヤのような黄金色をした夕焼け」「埃まみれのゴム草履」などの人間以外《ノンヒューマン》の存在と一体化させ、人間が、周りのあらゆる生き物や自然、物質と世界を分かち合っていることを描き出している点だろう。このように、ジェトニル＝キジナーの詩作は、近代思想が自然環境を客体化し、支配してきた意識の根幹にある二元論的な主体（人間）と客体（自然環境）の分割を相対化しようとする視点を通して、万物が連関する世界のあり方を示してみせる。

　第一子の出産体験を描く「ラベンダーの香りと海水の夢」は、出産の過程やその身体感覚をリアルかつ幻想的に表現した詩である。詩人はこの詩の一部を分娩室で書いたというが、完成作は娘の一歳の誕生日を祝うケーメムに際して、詩人のブログに掲載された。本詩は「最も神聖で、最も苦しく、最も満たされる（出産という）旅」に立ち会った詩人の旧友であるグレイス・アルヴァロ・カリグタンに捧げられている。[32]ラベンダー水に浸したホットタオルで産痛を和らげてくれる、奇しくも「神の恵」という意味の名をもつ助産師の存在に加えて、詩人がみる「海水の夢」は、生命の源としての海を連想させ、生命誕生の神秘を感じさせる。ケーメムには、子どもの成長を願って、親族、友人、隣人を問わずたくさんの人びとが集うというが、本詩で詩人が想起するピクニックの様子からも、新たな家族を受け入れていくマーシャル諸島の共同体の温かな人のつながりが伝わる。

「ねぇ、マタフェレ・ペイナム」は、「ラベンダーの香りと海水の夢」で描かれた娘に向けた詩である。冒頭でも紹介したが、国連の気候変動会議で朗読され、ジェトニル＝キジナーの代表作とされる一篇だ。「気候変動難民になんてさせない」と自らの娘に向けて語るその詩の言葉は明瞭かつ慈愛に満ち、さらに我が子とその子孫が生きる未来を守ろうとする母親としての強い思いにあふれている。同時に、気候変動の影響を「なかったことにする人」たちへの怒りと厳しい批判も表現されている。スウェーデンの若き環境活動家グレタ・トゥーンベリがその活動を通して訴えるように、気候変動や核戦争、原子力災害などは、次世代に大きな負の遺産を残し、世代間の著しい不平等を生み出す問題である。彼女が、母親としての立場から自らの娘に語りかけるスタイルを用いたのは、国連という場で、各国の為政者に次世代の未来と安全を守る責任を問いかけ、パラダイムシフトを求めるための戦略であったのかもしれない。

「ジャーナリストがやってきた」は、マーシャル諸島を襲った高潮の影響について詩人と彼女のいとこがマスメディアの取材を受けた時の体験をもとに綴られている。[33] いとこは災害の被害そのものだけではなく、被災した人びとがそこからどのように新しい生活を立ち上げてゆくのか、前向きに希望を抱いて歩き出そうとしているのかについて語ったという。しかし報道記事では被害の状況や先入観に基づく女性像が強調され、彼女が語った未来への思いには触れられなかった。災害の実情や被災者が置かれた困難な状況を詳細に伝えることが、ジャーナリズムの重要な仕事であることは間違いない。しかしそれは、被災者をひとつのステレオタイプに押し込めてしまう危険性をも伴う。災害の被害をどのように伝えるのか、そしてその被災者に真の意味で寄り添うとはどういうことなのか。詩は、報道のあり方と受容をめぐる問題に一石を投じている。

二〇二〇年以降の温室効果ガス排出削減等に関する国際的枠組みを取り決めた二〇一五年のパリ協定は、世界共通の長期目標として、気温上昇を二度未満に抑えることを基準とし、一・五度を努力目標とした。「摂氏二度」と題された詩は、ジェトニル＝キジナー自身がこの協定の内容を議論したＣＯＰ21に参加した経験をもとに書かれたものである。娘が発熱したという身近な出来事を皮切りに、〇・五度というわずかな温度差が生命体にもたらす危険を、わかりやすく巧みな表現で伝える。さらに、〇・五度の差がマーシャル諸島にとっては命取りとなる現実が、大国主導の国際会議では顧みられないことへのもどかしさも伝わってくる。この詩には、水爆実験のために強制移住させられたキリ島で、病院のベッドで眠っていた「核の歴史がその血筋に流れる入院患者たち」が、今度は水害に晒され、自分たちは世界から見捨てられた存在だと感じる姿を通して、核と気候変動の二重の被害が描かれる。後半で「世界の人びとが思い出してくれるように／議論や／数値や／統計の向こう側にいる／遠く離れたこの地の／人びとの顔を」と語る詩人の言葉は、「顔」という概念を用いて、エマニュエル・レヴィナスが論じた他者との関係性における倫理を想起させる。[34] 気候危機の犠牲者を統計上の数値として認識するのではなく、その人びとの「顔」、すなわち個別の生に目を向けるように促し、そこに生じる読者の「応答責任」についても思考を促すのである。

詩集の最初に置かれた同名の詩と対を為す最後の詩「かご」は、左半分には「征服され」「搾取される」大地や海などの自然が女性に重ねて描かれ、右半分にはそれを反転させるような「再生」のイメージ、すなわちマーシャルの人びとの系譜、命につながる土地の記憶が表現されている。この詩は植民地時代、核時代、そして気候危機時代を生き抜こうとするマーシャル諸島の人びとのレジリエンスを表しているようだ。詩の形状にも注意を払いたい。冒頭の「かご」よりも蓋が開いているように見える最後の詩の形状は、詩人の言葉が読者に向けて解き放たれたことを示している。こうして、母系社会を象徴する「かご」という詩に始まり終わるこの詩集は、祖先の記憶を継承しつつ未来を作り出す役割を、自らの使命として受け止めた詩人の言葉で満たされたかごとなってわたしたちの前に立ち現れる。詩人の言葉は、この地球と人間をまもる命の糧となるのだ。

Ⅵ　詩集の理解を深めるための三つの視点

ここからは、さらに理解を深めるために、フェミニズム、平和学、エコロジー運動の概念や言説、日本の近現代史との関連においてこの詩集の意義を考えてみたい。

1　フェミニズム

マーシャル語で女の子を意味するかごが詩集の表題に象徴的に用いられ、母系社会において女性が担う役割を描き出すと同時に、繰り返し起こる流産、核実験の影響で女性が受ける環境負荷や苦悩を可視化するこの詩集には、女性を取り巻く不平等や不条理に対して異議申し立てを行うフェミニズムの要素が見られる。そのなかでも、ジェトニル＝キジナーの詩の多くは、エコロジー運動とともに発展した「エコフェミニズム」との親和性が高いといえるだろう。

フェミニズム理論や思想は実に多様だが、一九世紀末から始まったフェミニズムは、大まかに第一派から第四波まで四つの波に分類され、エコフェミニズムは第二波に位置づけられる。第一波の運動は一九世紀末から二〇世紀前半にかけて、相続権、財産権、そして参政権など、法的・政治的平等を求めて展開され、第二波は一九六〇年代から七〇年代に、政治や経済という公的領域を男性が、家庭のような私的領域を女性が担うという家父長制に基づいた性差別的構造の変革を目指して、アメリカを中心とした先進諸国で発展した。この第二波の運動では、リベラル・フェミニズムに加えて、ラディカル・フェミニズムやマルクス主義フェミニズムなど新たな方向性が生まれた。人間も生態系の一部であるという観点から、自然環境と共生する生活や社会を構築することを目指したエコロジー運動に、女性が男性によって抑圧されてきた構造を転換しようとするフェミニズム運動が接続されたエコフェミニズムも、この第二波から生まれた。

第二波の問題意識を引き継ぎながら、一九八〇年代末から九〇年代にかけて起こった第三波では、女性を一枚岩として捉えるのではなく、人種やセクシャリティなど性別以外の属性から生じる差異や多様性にも目を向けるようになった。植民地化を経験してきたマーシャル諸島出身のジェトニル＝キジナーは、人種的階級的な特権に無自覚なまま女性という属性のみを前提とするリベラル・フェミニズムに安易に迎合せず、第三波の流れを作り出していったアフリカ系女性をはじめ非白人のフェミニストたちの意識を共有していると思われる。また、二〇一〇年代ごろに現れた第四波のフェミニズムも、彼女の実践と深く関わっている。第四波は、第二波や第三波の成果を取り入れながら、「#ＭｅＴｏｏ運動」に見られるように、Ｔｗｉｔｔｅｒなどのソーシャル・メディアを通じて問題意識を共有し、運動への参加を呼びかけることから「オンライン・アクティビズム」とも称されている。現在はオーストラリア国立大学大学院の博士課程でジェンダー学やメディア学を学びながら、オンライン・メディアを駆使して詩を発表し続けている彼女は、この新たなフェミニズムの担い手の一人であるといえる。

　さて、ジェトニル＝キジナーの詩作と最も関係が深いエコフェミニズムという語は、一九七四年にフランスのフェミニストであるフランソワーズ・デュボンヌによって初めて用いられ、エコロジカル・フェミニズム、環境フェミニズムとも呼ばれる。デュボンヌが「惑星における人間の生存を懸けたエコロジー革命を起こす女の可能性」と定義したエコフェミニズムは、欧米社会のみならず、当時「第三世界」と呼ばれていた旧植民地や発展途上国を含む世界中に広がっていった。[35] 特筆すべきは、エコフェミニズムが反核運動や公害と闘う環境保全運動と連動してきたことだろう。一九七〇年代、インドの女性たちが木に抱きついて森林を守ろうとした「チプコ運動」や、ケニアのワンガリ・マータイが始めたアフリカ大陸全土で約五一〇〇万本の木を植える「グリーンベルト運動」、一九八〇年代のアメリカのスリーマイル島原発事故をきっかけに展開された、ペンタゴンを包囲して軍事政策を批判する「女性ペンタゴン行動」などはよく知られている。日本でも、一九八六年のチェルノブイリ原発事故をきっかけに「反原発ニューウェーブ」と呼ばれる女性を主たる担い手とした運動が起きている。エコフェミニストたちは、核の脅威や生態系の破壊を、家父長主義的社会の支配構造の産物であるとして批判した。

エコフェミニズムは、「自然か文化か」という二元論そのものを疑問視し、人間が生態系と生命のサイクルのなかで生きる新しい文化や価値観を創造することを目的に展開したが、それが批判に結び付くこともあった。特に、人間による自然支配を男性による女性支配と同根のものとみなすことで、「男性＝文化、女性＝自然」という古くからの女性支配の前提となってきた図式を単に強化するのではないかということは、日本にエコフェミニズムが紹介される際にも指摘され、論争の的となった[36]。しかし、九〇年代までのエコフェミニズムの成果を体系的にまとめたアイリーン・ダイアモンドとグロリア・フェマン・オレンスタインは、化学物質による環境汚染を告発した『沈黙の春』の著者レイチェル・カーソンにまで遡りながら、キャロライン・マーチャント、ヴァンダナ・シヴァ、アリス・ウォーカー、テリー・テンペスト・ウィリアムスなど、エコフェミニズムを牽引してきた作家や学者などの果たした役割に言及し、次のように述べている。

文化と自然、理性と感情、人間と動物というような二元論を批判するエコフェミニズムは、すべてのいのちを維持する生物学的文化的多様性を認め、評価する、新しい物語を編み出そうとしている。このような新しい物語は、女性の生物学的特殊性を恐れるのではなく、尊重し、同時に女性は歴史をつくる主体であると主張する。このように、生物学的特殊性と歴史の作用とは対立する必要がないと理解することは、フェミニズムを転換させるうえできわめて重要である。[37]

ジェトニル＝キジナーの詩作には、このようなエコフェミニズムの推進を図ってきた作家や学者をはじめとする女性たちの意識が引き継がれている。たとえば最後の詩「かご」は、祖先の記憶を継承しつつ次の世代を生み出す過去と未来をつなぐ存在として女性を描く。「砂の歴史／サンゴ礁の記憶／その子宮は／命をつなぐ場所」という詩句が示すように、海とサンゴ礁に囲まれた島々と一体化したような「女」は、「人間の命につながる記憶」を伝える者、すなわち「歴史を作る主体」として表現されている。詩は、女性と自然の特別なつながりを強調し、女性の「生物学的特殊性を恐れず」に、女性性を生命の根源として寿ぐことで、搾取され破壊されたマーシャル諸島の自然や人間の身体性の回復をも暗示するのである。

彼女のエコフェミニズムの実践は、グリーンランドの先住民詩人アカ・ニワイアナと共同制作した映像詩「立ち上がれ」にもよく表れている。[38] 圧倒的な存在感をもつ風景、そして「海と砂の姉妹」「雪と氷の姉妹」と呼びかけ合う二人の詩人の声が織りなすこの映像詩は、地球温暖化で氷解が起きているグリーンランドと、海面の上昇で水没の危機に直面するマーシャル諸島をつなぐプロジェクトである。水爆実験場となったビキニ環礁、そして核実験で生じた高レベル放射性廃棄物が埋蔵されたルニット・ドームがあるエニウェトク環礁でジェトニル＝キジナーが拾った貝殻と、グリーンランドはヌークの海辺でニワイアナが拾った石が交換され、貝殻と石の伝説を介して、この二つの場所と人びととの歴史が語られる。

冷戦時代、グリーンランドの氷床下には核ミサイルを配備するための米軍施設が建設され、そこには高濃度に汚染された核廃棄物が遺棄されてきた。近年、温暖化によって北極が氷解すると、核廃棄物を流出させる可能性があることが科学者により警告されてきたが、マーシャル諸島とグリーンランドは、共に気候変動の影響に苦しむ地域というだけでなく、核の植民地主義の犠牲にされてきたという歴史においても共通点がある。「氷が溶けるのはわたしたちが受けるべき報いなの？」という二人の詩人が発する問いは、産業革命以降、化石燃料によって経済を動かし、戦争を引き起こしてきたのはいわゆる先進国であるにもかかわらず、環境危機の主たる要因から最も遠いマーシャル諸島やグリーランドが最初に被害を受けるという皮肉な構造にわたしたちの目を向けさせる。今世紀に入って用いられるようになった「人新世」という概念が孕む欺瞞、この概念に含まれる「人類」とは一体誰なのかということについて、詩人は鋭い問いを投げかけるのである。

この映像詩の終盤で二人の詩人は、環境危機からは「誰一人逃れられない」のだと語りながら、エコ・コスモポリタンな連帯の中へと視聴者を呼び込む。詩に現れる人称代名詞は次第に「わたし」から「わたしたち」へと変化し、「わたしたち」という複数形一人称代名詞は、最後には視聴者へも開かれたものとなる。ハワイ大学の研究者でアジア太平洋地域の映像作品をエコロジーやフェミニズムの視点から論じるジェイメイ・ハミルトン・ファリスはこの代名詞の変化を捉えて、海洋と一体化するように海水に浮かぶジェトニル゠キジナーの姿が印象的なこの作品は、トランスナショナルで、資本主義、さらには植民地主義に抵抗するための連帯を促す「ハイドロ・フェミニズム」の表現であると主張する。[39]

脱植民地化の議論において、文化的慣習や伝統と女性の解放との関係性は、複雑なものになりがちである。植民地的支配を脱するために、自国の復興や誇りの拠り処となる文化的・民族的なアイデンティティが強調され、伝統的なコミュニティの存続のみが望まれるとき、価値観が多様化した現代にあっては、個人の生きづらさを生み、その成長を押し潰してしまう可能性もある。ジェトニル＝キジナーの詩的実践からは、マーシャル諸島の伝承や文化を再解釈しつつ、他地域の先住民女性アーティストとも連帯しながら、時代に即した独自のフェミニズムを創造しようとする模索の過程が読み取れるだろう。

2　環境正義と包括的環境主義　構造的暴力を可視化するために

この詩集に描かれる主要なテーマとして、マーシャル諸島を襲う核被害と気候変動がある。『朝日新聞』のインタビューでジェトニル＝キジナーは、「使い捨て disposable」という言葉を用いて、この二つの問題が不可分であることを示唆している。

根っこは同じ。大国は自分たちのために太平洋をゴミ捨て場にしてもいいと考え、そこに住む人たちを使い捨てにしている。小さくて貧しい国だから、どうなってもいいのでしょうか。[40]

この詩人の問いかけを考えるには、「平和学の父」と呼ばれるノルウェーの社会学者ヨハン・ガルトゥングが提案した「構造的暴力」という概念が役立つ。[41] 狭義の暴力とは直接的に力を加えられることであり、特定の属性をもった者が受ける様々な抑圧を含まない。しかしガルトゥングは、戦争のような「直接的暴力」だけではなく、経済的搾取、貧困、格差、差別、植民地主義など、社会構造に組み込まれている不平等な力関係を捉えて構造的暴力と呼んだ。構造的暴力の特徴として、暴力の行使において行為者の特定が容易ではなく、構造的に搾取する側からは、その構造自体が見えにくいことが挙げられる。ガルトゥングは、戦争のない世界を「平和」とみなすのは「消極的平和」であり、真の平和のためには、この構造的暴力の解決を目指す「積極的平和」を追求する必要があることを説いている。

構造的暴力に加えてガルトゥングは、人間が言語を用い、文化を形成しつつ、自らの思想や行動の意味を見出すなかから生まれてくる暴力をも概念化し、「文化的暴力」と呼んだ。ガルトゥングによると、直接的暴力・構造的暴力・文化的暴力は相互に依存・補完し合う関係にあり、文化的暴力は他の二つの暴力に正統性を与え、支えている。だからこそジェトニル＝キジナーは、詩という言語芸術によって、太平洋をめぐる構造的・文化的な暴力に抗おうとしているのだといえる。

この詩集の冒頭の詩「かご」に出てくる「底を突いて／器がすっかり／空っぽに／なったら？　／その器は／ごみを投げ入れる屑かごになる」という詩句や、この詩と対になった最後の同名の詩にある「削られる／海底／投げ捨てられる／ごみの／受け皿／その／体は／征服され／搾取される／大地／わたしたちは／取り／わたしたちは／奪う／そして／あなたは／与え続ける」という詩句の英語の原文には、“bare vessel”や“receptacle”といった「器」を意味する英語表現が用いられている。太平洋をめぐる植民地的空間言説を分析したポール・シャラードは、太平洋が歴史的に「女性化」され、小さな島々は「なきもの」とされてきたと述べており、ジェンダー化された「環太平洋 Pacific Basin」という表現は「受身的な器」をイメージさせ、核実験や汚染廃棄物の投棄をはじめとする環境破壊や搾取を正当化することにつながったと指摘している。[42] ジェトニル＝キジナーは、これらの詩で同様のメタファーを用いながら、「搾取される」太平洋とマーシャルの大地を「女性」に重ねて描きつつ、核被害と気候危機という個別の問題の根底に横たわる構造的暴力の存在を可視化し、そうした暴力を支える文化的暴力を暴いてみせる。

ガルトゥングの構造的暴力の概念を取り入れ、「遅い暴力 slow violence」という概念を提唱したのは、アメリカの環境文学者ロブ・ニクソンである。ニクソンは、わたしたちが容易に認識し得る物理的暴力とは異なり、放射能汚染や気候変動のように、人間の知覚をすり抜ける不可知性と、いつその被害が顕在化するかわからない時空間上の不確定性によってもたらされる被害を遅い暴力と呼んだ。遅い暴力の最たる被害を受けるのは多くの場合、社会的に弱い立場に置かれた者たちであり、その事実はこの暴力の不可視化をより一層強めている。ニクソンは「遅い暴力の長く続く緊急事態を一般の人びとの感情に訴え、政治が関与すべきだとする正当な理由を喚起するドラマ性を持つ物語」が必要だと訴えたが、ジェトニル＝キジナーの詩は、まさにそのような役割を担ったのだ。[43]

このようなジェトニル＝キジナーの詩作は、「環境正義 Environmental Justice」を求める言説のなかに位置づけることができるだろう。公民権運動を経た一九八〇年代のアメリカで、それまでは白人・中産階級・男性などのマジョリティの視点を中心に考えられがちであった環境問題をマイノリティの視座から捉え直す動きが現れたことをきっかけに、環境正義という概念が広がっていった。環境問題の多くは、人種や社会的階級、性差などによって影響の受け方や、経験に違いがあり、より脆弱な立場に置かれている者が環境の負荷を受けている。環境正義は、このような状況を不正義だとし、人種や民族などの属性、さらには所得や住む地域によって不均衡にもたらされる環境被害を是正しようとする考え方である。

近年、環境正義に基づく様々な環境運動において、これまでマイノリティの立場に置かれていた人びとが、社会的排除や格差、環境やエネルギー・資源の問題解決に向けて、変化を起こす行為主体となり、主流側とは異なる視点から積極的に問題提起を始めている。そのなかでも特に、人種差別やフェミニズムの議論において援用されてきた、人種や性別、性的指向、階級や国籍、障害などの属性が交差する際に起こる差別や不利益を可視化し理解する枠組みとしての「インターセクショナリティ Intersectionality」という概念を取り入れた「複合的環境主義 Intersectional Environmentalism」を求める声が高まっているのは興味深い。複合的環境主義は、社会的構造ゆえに、最たる実害を被ってきた当事者の声に耳を傾けることから、人間と地球環境の双方をまもることを目指す。[44] 言い換えればそれは、「持続可能」という言葉が強調して使われるようになる以前から、地球環境を損なわない生活を営んできた先住民の土地との関係のなかで培われた知と経験から学びつつ、植民地主義や新植民地主義的な価値観に修正を加えようとする運動を指す。

ジェトニル＝キジナーの文学的実践は、このような複合的環境主義を促すものであり、これまでの先進国主導型とは異なる位相から環境の問題を考える視点を提示する。先に言及したグリーンランドの先住民詩人ニワイアナと共同制作した映像詩のほかにも、彼女は、マーシャル諸島と同様の問題に直面する太平洋の島嶼国フィジーやトンガなどのアーティストとのコラボレーションを通して、複合的環境主義を模索してきた。自身で立ち上げたNGOジョージクムの活動も、その実現に向けた取り組みの一環といえる。マーシャル諸島には、高等教育機関が短期大学までしかなく、人びとが何かを専門的に学ぶ機会に恵まれているとはいえない。しかし、気候変動をはじめとした社会課題の解決方法を知る若者が増えれば、マーシャル諸島の未来を変えることができると考えるジェトニル＝キジナーは、ジョージクムでの活動を通して、次世代の環境リーダーとなる若者を育成するための様々なトレーニングを提供している。[45] たとえば、気候変動対策を考えるプログラムでは、若者たちがコミュニティによって異なるニーズをリサーチし、自分のコミュニティにはどのような問題があり、どのような解決策が求められているのかを考え、プロジェクトを立ち上げることを学ぶ。さらに、次の言葉からもわかるように、彼女が詩人として最も力を入れているのが、言語やアートを介した表現方法を学ぶことである。

マーシャル諸島のことを知らない人はすごく多いわけです。そこで、若い人たちがそれぞれに持っているストーリーを効果的にシェアする方法を学んで、国際的な舞台に出る準備をするのは、マーシャル諸島が直面する問題を訴えるためにとても有効だと考えています。[46]

二〇一九年のCOP25では、ジョージクムのプログラムの参加者であるカーロン・ザクハラスがグレタ・トゥーンベリと共に記者会見に臨み、「今までに経験したことがない危機に直面した時こそ、新しい解決策が生まれます。そしてそのようなアイディアは、僕らのような若者から生まれることもあります」と語り、マーシャル諸島の若い世代の力強さを印象づけた。[47] 言葉を通して他者とつながり、複合的環境正義に根ざした思考の回路を作り出そうとする詩人の挑戦は、少しずつ実を結びつつある。

だが、マーシャル諸島の気候変動をめぐる問題は依然として予断を許さない状況が続いていることも忘れてはならない。地球の平均気温の上昇を一・五度以内に抑えない限りは、マーシャル諸島は水没してしまうという科学的見地があるにもかかわらず、現在の趨勢ではそれが実現できる可能性はきわめて低いため、人工島の建設も検討されているという。二〇一八年に開催されたイノベーティブ・シティ・フォーラムでの「マーシャル諸島から同じ島国の日本へ」と題した基調講演で、ジェトニル゠キジナーは植民地主義や核実験の歴史から語りはじめ、不均衡にもたらされる環境被害に目を向けさせる複合的環境正義の視点から、マーシャル諸島を襲う現在の気候変動の問題へと話を進め、次のような言葉で結んだ。

私たちの島は、この先必ず襲いかかる温暖化を原因とした様々な災害を乗り越え、海面が上昇しても持ちこたえられるような都市を作るための革新的な技術と科学を求めています。そしてマーシャル諸島の教訓は、日本も含め、私たちと同じ海岸線に囲まれた環境の島国に活かせます。気候変動は、この地球に住む私たち全員に必然的に影響しますから。[48]

最たる実害を経験している当事者と共にあろうとすることは、より脆弱な立場に置かれた者を救うだけに留まらないのだと彼女は語る。複合的環境主義を実現させることは、より包括的かつ根本的な環境問題への取り組みに通じる。彼女が求める「技術と科学」が革新的でなければならないのは、未曾有の自然災害に備えるために現状の技術では足りないからというだけではない。それが、古来から人間が生活を営み、たくさんの物語を生み出してきた固有の場所をまもるための技術や科学でなければならないからである。「島の風景を変えるということは、わたしたちを変えるということです。この木にはこの木特有の物語があるし、こちらの丘にはまた別の物語と唄がある。その風景がなくなれば物語も唄も消え去る」のだと詩人は訴える。[49] わたしたちはその言葉に耳を傾け、その痛みを想像し続けたい。そしてその先に「先進国」としての日本がやるべきこと、できることが見えたとき、わたしたちは複合的環境主義の実践に近づけるのだろう。

3　マーシャル諸島と日本　関係を結び直す言葉

最後に、日本の近現代史との関連において、マーシャル諸島と日本の関係を結び直すジェトニル＝キジナーの詩の力に触れておきたい。

本書が描くマーシャル諸島の核実験の被害は、広島、長崎、第五福竜丸、そして福島と、日本がこれまで経験してきた被爆／被曝の問題と共鳴する点が数多くある。たとえば「ヒストリー・プロジェクト」に描かれた「宙吊りにされている／まるで操り人形のよう」な男の子の姿は、戦後アメリカが原爆傷害調査委員会（ABCC）を設置し実施した広島・長崎の原爆被爆者における放射線の身体的・遺伝的影響の調査を思い出させ、広島出身の漫画家中沢啓治のよく知られた『はだしのゲン』にも描かれた、「調査すれども、治療せず」として「核のモルモット」にされたように感じる被爆者の憤りを彷彿とさせる。また同詩に登場する、骨のないクラゲのような赤ん坊を産み、夫にも語れずに自らを責め続ける女性は、死産や流産など異常出産を経験し、その苦しみを抱え込んできた広島・長崎の被爆者の女性にも重なる。[50] 本書には収められていない「怪物」という詩でも、同様の問題が描かれている。二〇一七年、詩人は核兵器禁止条約制定に向けた交渉会議が開催された折に広島を訪れ、原爆ドームの前で本詩の朗読を行なった。それは彼女がマーシャル諸島と日本の女性たちの核被害をめぐる経験の共通性を認識していた証左であろう。

しかしジェトニル゠キジナーの詩は、被爆／被曝をめぐるマーシャル諸島と日本に共通点があることを示すにとどまらず、日本が抱いてきた「唯一の（戦争）被爆国」という言説を相対化する視点をもつことも指摘しておきたい。たとえば「フィッシュボーン・ヘア」では、医師に余命六ヶ月と宣告されるビアンカの話が、一九五四年の三月一日、ビキニ環礁でアメリカの水爆実験キャッスル作戦（ブラボー実験）に遭遇し、「死の灰」を浴びた日本のマグロ漁船第五福竜丸の被曝の描写へと結びついていくことに注目してみよう。「あの日漁師たちは／何も言わず／きれいさっぱり／髪に降りかかった灰を／払い落とし／延縄《はえなわ》を手繰り寄せてかかった魚を引き揚げた」という言葉は、見つかれば米軍に連行されると考え、水爆実験に遭遇したことを無線で知らせずに、出港先の静岡の焼津へと戻った第五福竜丸のことを思わせる。[51] この判断を下した第五福竜丸の無線長久保山愛吉は、被曝から約六ヶ月後に亡くなっており、それは奇しくもビアンカに告げられた余命とも重なる。第五福竜丸の被曝は秘密裏に進められていたアメリカの水爆実験を暴露し、久保山の死は世界的な反核運動につながっていった。日本でも放射能の影響に強い不安を感じた女性たちを中心に原水爆禁止を求める署名運動が展開され、翌一九五五年には、広島で初の原水爆禁止世界大会が開催されることとなる。「三回目の被爆／被曝」としてのビキニ事件は、日本の「被爆国」としてのナショナル・アイデンティティが確立される契機を与えたのである。[52]

ビキニ事件をきっかけに現代詩人会によって編集・刊行された詩集『死の灰詩集』の序文にも、「唯一の被爆国」としてのナショナル・アイデンティティが強調されている。

火の発見を端緒とする人類文化が到達した原子力時代の光明を、不幸にも原爆時代の暗黒を意味するものとして体験せざるを得なかった日本国民は、ここにまた、ビキニ環礁における水爆実験の死の灰を浴び、現実的に、科学的に、立証されつつある絶大な被害によって、いよいよ人類存亡の危機を身を以て知る世界唯一の国民となりました。[53]

文芸評論家の川村湊は、この詩集が「世界で唯一の被爆国・日本」という言葉を流布させることに寄与したとし、さらに収録されている詩の多くが「太平洋の無人のサンゴ礁を舞台として想定」しており、かつて日本が植民地として三〇年にわたって支配していたマーシャル諸島の人びとへの「関心が見られない」ことを指摘している。[54] 川村によればそれは、「植民地支配が正当ではなく、不正義であったとしたら、植民地を持っていたという記憶や現実的な記録も湮滅《いんめつ》」しようとする「『国民』的健忘症」であり、マーシャル諸島の被曝者たちが忘却されてきた事実は「日本の植民地主義の戦後の問題点を浮かび上がらせている」のだといえる。[55]このような「健忘症」からわたしたちを呼び醒ますかの如く、ジェトニル＝キジナーの詩は、第五福竜丸の背後には、「死の灰」に晒され続けたマーシャル諸島の人びとの存在があったことを前景化する。その詩は、「日本の植民地主義の戦後の問題点」に改めて向き合う機会をわたしたちに与えるのである。[56]

ところで、福島の原発事故を経験したわたしたちがこの第五福竜丸の被曝をめぐる歴史に立ち返るとき、もうひとつ思い出すべきことがある。それは、ビキニ事件によって原水爆禁止運動が興隆を迎えた時期がちょうど、原子力の「平和利用」、すなわち原子力発電を日本政府が推進していった時期と符合することである。一九五三年十二月、アイゼンハワー米大統領が国連総会において「平和のための原子力 Atoms for Peace」を訴え、これに呼応するように日本では一九五四年三月に国会で原子力予算が成立、一九五五年には日米原子力協定が締結された。原子力発電の導入に踏み出そうとしていた日本政府にとって、第五福竜丸の被曝をきっかけに広がった反核・嫌米感情を押さえ込むことは何よりの急務となった。そのためアメリカ政府との間で二〇〇万ドル（当時七億二千万円）の見舞金と原子力技術の供与を条件に、わずか九ヶ月で第五福竜丸事件は政治決着が図られることとなる。[57]汚染マグロの放射能測定は打ち切りになり、第五福竜丸以外にも多くの日本の漁船がビキニ環礁の周辺海域で操業していたにもかかわらず、他の被曝した乗組員の調査や公的な補償は検討されなかった。[58]

ビキニ事件をめぐるこのような歴史を振り返るとき、オーストリアのジャーナリスト、ロベルト・ユンクが唱えた「原子力帝国」という言葉が思い出される。著書『原子力帝国』においてユンクは、アメリカによる原子爆弾の開発と広島・長崎への投下以降、原子力帝国主義と呼ぶべき支配体系が現代世界に生み出されたことを指摘している。[59] 原子力技術が、軍事利用としての核兵器から原子力発電をはじめとする民事利用へと拡大されるなかで、原子力産業は世界各国で国家政策として導入され、一部の利権者が支配的に君臨する原子力帝国を出現させた。しかし、「戦争のため」とか「平和のため」という枕詞を付して区別されてきた核の軍事利用と民事利用は、核エネルギーを利用するという点で原理的にはいかなる違いもなく、「生命に敵対する」という点において同等の性格を帯びている。[60] 核エネルギー言説の戦後史を分析した山本昭宏は、第五福竜丸の被曝とそれを契機に高まった原水爆実験への反対運動は、「原子力『平和利用』キャンペーンと共存していただけでなく、互いが互いの駆動力となっていた」と指摘する。[61] 山本によれば、「被爆の記憶」があったからこそ、被爆体験を「ポジティブなものとして捉え直したい切実な心情が原水禁運動の駆動力になっており、それは『原子力の夢』に携わることと全く矛盾しないばかりか、むしろそれを推進するもの」であったのだ。[62] 原子力の軍事利用と民事利用は峻別できるというまやかしの認識（もしくはそれらを分けて考えたいという欲望）のもと、原発は導入され、ビキニでの教訓を忘却するかたちで、日本はアメリカの国際的な原子力政策、ユンクの言葉を借りれば原子力帝国に取り込まれていった。そしてそれは、マーシャル諸島がアメリカの軍事戦略の犠牲になったのと同様に、首都圏を中心とした都市の経済発展を支えるために、原発という大きなリスクを伴う負担を一部の周縁的地域が担わされるという、日本社会における構造的暴力を生み出すことにもつながった。

三・一一および福島第一原発事故の後、原爆投下から原発事故に至るまで戦後の日本史を辿り直すかたちで、広島・長崎を経験した日本がなぜ三度目の核災害を経験することになったのかという問いに対峙しようとした作家に、津島佑子がいる。それ以前から、社会の周縁に置かれ排除された者の視点を通して「近代の暴力」をテーマに書き続けてきた津島にとって、福島の原発事故は「もっともっとエネルギーを、経済発展を、と際限なく貪欲に求め続ける近代文明とはなんなのか」という問題を見つめ直す契機になっていった。[63] 津島は、敗戦後にアメリカ駐留軍兵士の父親と日本人の母親との間に生まれた混血の孤児たちの視点から、日本が原子力帝国に取り込まれていく起点を想起させるミステリー仕立ての小説『ヤマネコ・ドーム』を書いた。注目したいのは、この小説が初めて単行本化された際、装丁にマーシャル諸島の「ルニット・ドーム」の写真が用いられていることである。[64] しかし小説には、マーシャル諸島も人びとも登場せず、最後にマーシャル諸島の核被害を研究してきた竹峰誠一郎の報告からの引用が添えられているだけである。その引用には、アメリカの核実験がビキニ環礁だけではなくエニウェトク環礁でも行われ、そこに住んでいた人びとが強制移住させられたこと、アメリカ軍による除染作業が行われた後、住民たちは帰島を許されたが、すでに小さな島々のいくつかは実験によって消え失せていたこと、ルニット島には除染作業で生じた膨大な汚染物質を集めたコンクリートの巨大なドームが作られたことが示されている。

津島は本書をめぐるインタビューで「社会にとって不都合なもの、人びとが直視したくないものに蓋をして隠したのが『ルニット・ドーム』だと言えるでしょう。また原発事故以来、日本では敗戦後に蓋をされていた巨大な時間が一気に吹き出してきた感がありますね」と語っている。[65] このような津島自身の言葉から、表題の「ドーム」という語は「隠されたもの」の象徴として用いられていることがわかる。この小説の解説で安藤礼二は、津島は本作で「人類が行ってきた過去の愚行の記念碑であり、未来の墓標」としての「ルニット・ドーム」のような「物質的コンクリートの『ドーム』」ではなく、人類が生き延びてゆくための「精神的な想像力の『ドーム』」すなわち「共生のドーム」を作り上げることを目指したのだと説いた。[66] 一方「ヤマネコ」は、人間に姿を見せようとしないヤマネコのイメージが、戦後「見えない存在」となってきた混血の孤児に重なって見えたという津島独特の想像力によって採用された言葉である。[67] 本作には混血の登場人物の瞳がヤマネコのように光るという描写があることから、ヤマネコは「『隠されたもの』を暴く存在」として理解できるとする批評もある。[68] このような解釈を敷衍すれば、「ヤマネコ・ドーム」とは、戦後の歩みのなかでわたしたちが目を逸らし、思考を止め、やがては忘れ去ってきた事柄を想起する場として解釈できるだろう。

そうだとすれば、この詩集を読むことは、「共生のドーム」としての「ヤマネコ・ドーム」を作り上げることに通じている。すでに見たように、ジェトニル＝キジナーの詩は、日本の帝国主義の歴史と分かちがたく結びついた先の戦争での日本の加害性を想起させると同時に、戦後は原子力帝国の一部と化し、経済大国となって地球環境の破壊に加担してきた日本社会のあり方をも思い起こさせる。詩の言葉は、わたしたちが都合よく忘れ去ってきた出来事を想起させ、日本という国の近現代の歩みへの歴史的省察を促すのである。津島は、別のエッセイで「日本に住む私たちは、これからマーシャル諸島のひとたちが経験してきたような、つらくて長い時間を覚悟しなければならない。だからこそ、太平洋の人びとと手をつないで、『核のない未来』に一歩ずつ近づきたい」とマーシャル諸島ならびに核実験の犠牲に晒されながらもそれに力強く抵抗してきた太平洋の人びとへの連帯の思いを語っている。[69] 本書は、津島が願ったような被爆／被曝経験の共有によるマーシャル諸島の人びととの連帯に向けて、わたしたちにひとつの足がかりをも与えてくれるだろう。

この解説を閉じるにあたって、「日本の記憶喪失《アムネシア》」に抗う不断の努力が積み重ねられてきたことについても言及しておきたい。第五福竜丸の元乗組員で、長年核廃絶を訴えてきた大石又七は、マーシャル諸島を訪れ現地の人びとと交流を図った。大石の著書『ビキニ事件の真実』の最終章「事件はまだ終わっていない」がマーシャル諸島訪問についての記述であることは重要である。[70] 先述のドボルザークや竹峰に加えて、文化人類学者の中原聖乃などの研究者、さらに一九七〇年代以来、第五福竜丸の背後に目を向けてきた土井全二郎、斎藤達雄、前田哲男、島田興生、豊崎博光らジャーナリストは、マーシャル諸島の歴史や日本とのつながり、現地の核問題を伝える重要な役割を担ってきた。[71] また、近年ではジェトニル＝キジナーと同世代の映画監督である大川史織が、マーシャル諸島に滞在し、日本の植民地支配や米国の核実験を経験したこの地の人びとのオーラル・ヒストリーを映像で記録している。「戦跡」や「手工芸品」、「歌」や「名前」を通してマーシャルの人びとのなかに今も残る日本の統治時代の記憶にふれるなかで、「マーシャルと日本の歪な関係を問い直したい[72]」と思ったという大川による二国の記憶を結び直す試みは、太平洋戦争の末期にマーシャル諸島で餓死した父をもつ息子の慰霊の旅を撮影したドキュメンタリー映画『タリナイ』（二〇一八）や『keememej』（二〇二一）、その父の日記を中心に据えた書籍『マーシャル、父の戦場』に結実している。[73] このような先人たちの仕事に学びながら、詩集の最後に置かれた「かご」に綴られた結句にもういちど立ち戻ろう。「まどろみながら／夢を見た／わたしの言葉は／海流／巡り続ける／あなたに出会うために」。海流に漂うかの如き詩人の言葉は、わたしたち読者に向かって開かれ、手渡されている。それぞれを「隔てる」かのように思われる海を「つなぐ」海へと変えるために。未来に向けて「共生のドーム」を築くために。

解説注

（1）国連で本詩を朗読した際の映像は、ＹｏｕＴｕｂｅに公開されている（https://www.youtube.com/watch?v=SMygAsWfAvo）。本詩および「伝えて」の朗読映像は山形国際ドキュメンタリー映画祭二〇一九でも上映され、その際に詩人で比較文学者の管啓次郎によって字幕翻訳されている。

（2）本書のタイトルならびに収録したいくつかの詩の表題は、ジェトニル＝キジナーの詩とパフォーマンスについて論じた小杉世「マーシャル諸島から太平洋を越えて――キャシー・ジェトニル＝キジナーとロバート・バークレーによる戦争・核／ミサイル実験・地球温暖化の表象」（『トランスパシフィック・エコクリティシズム――物語る海、響き合う言葉』伊藤詔子・一谷智子・松永京子編著、彩流社、二〇一九年、一七六～一八九頁）の訳を踏襲した。

（3）Jo-jikum とはマーシャル語で「あなたの家」「あなたの場所」を意味する。

（4）https://www.kathyjetnilkijiner.com/fighting-for-our-survival-350-pacific-cvf-series/

（5）村山幸によるインタビュー記事「国連で喝采を浴びた気候変動活動家のキャシー・ジェトニル＝キジナーさん。地球の危機を伝えるために、彼女がスピーチではなく、詩という表現手段を選んだ理由とは?」（greenz.jp、二〇一七年八月二日）https://greenz.jp/2017/08/02/climate_change/

（6）ヤリタミサコ「現代詩とスポークンワードについて」『メディアと文学が表象するアメリカ』山下昇編著、英宝社、三五六頁。

（7）https://www.kathyjetnilkijiner.com/spoken-word-poetry-vs-page-poetry/

（8）https://www.kathyjetnilkijiner.com/spoken-word-poetry-vs-page-poetry/

（9）たとえば、ウォルター・J・オングは、『声の文化と文字の文化』（林正寛・糟谷啓介訳、藤原書店、一九九一年）において、「声の文化《オラリティー》」と「文字文化《リテラシー》」とのあいだの心性の違いについて考察している。Ong, Walter J., *Orality and Literacy: The Technologizing of the World*, Methuen, 1982.

（10）https://www.kathyjetnilkijiner.com/spoken-word-poetry-vs-page-poetry/

（11）著者の修士論文による。Jetn̄il-Kijiner, Kathy, "Iep Jaltok: A History of Marshallese Literature", Master's portfolio, University of Hawai'i, Manoa, 2014, pp.13–15.

（12）Jetn̄il-Kijiner, Kathy, Leora Kave, and Craig Santos Perez eds., *Indigenous Pacific Islander Eco-Literatures*, University of Hawai'i Press, 2011, p.388.

（13）中原聖乃・竹峰誠一郎『核時代のマーシャル諸島――社会・文化・歴史そしてヒバクシャ』凱風社、二〇一三年、一〇七〜一一三頁。

（14）豊田博光『マーシャル諸島　核の世紀』（上）、日本図書センター、二〇〇五年、一一一〜一一三頁。中原・竹峰、前掲書、一一四〜一一七頁。

（15）竹峰誠一郎『マーシャル諸島――終わりなき核被害を生きる』新泉社、二〇一五年、二〇五〜二一五頁。

（16）中原・竹峰、前掲書、一一九〜一二一頁。

（17）グレッグ・ドボルザーク「誰が海を閉じたのか？――日米間における記憶喪失《アムネシア》の群島」新井隆・西野亮太訳、『マーシャル、父の戦場――ある日本兵の日記をめぐる歴史実践』大川史織編著、みずき書林、二〇一八年、三二〇頁。

（18）同上、三三九頁。

（19）二八篇のうち一部は、（11）に記した著者の修士論文としてハワイ大学に提出されている。

（20）Jetn̄il-Kijiner, op. cit.

（21）中原・竹峰、前掲書、一八八頁。

（22） Jetnil-Kijiner, Kathy, "Luerkoklik and the Role of the Land in the Climate Movement", *Ke Kaupu Hehi Ale*, 26 June, 2015. https://hehiale.com/2015/06/26/luerkoklik-and-the-role-of-the-land-in-the-climate-movement/

（23）（2）掲載の論文において小杉は、「輝く塔」という表現は、「基地やミサイルのイメージ」を思わせ、「アメリカの軍事支配によってもたらされた新しい文化（米軍基地と核・ミサイル実験と消費経済文化）」の比喩であると指摘している（一八〇頁）。

（24）ドボルザーク、前掲。

（25） Abo,Takaji, Byron W. Bender, Alfred Capelle, and Tony DeBrum, *Marshallese-English Dictionary*, University of Hawai'i Press, 1976, p.26.

（26）中原・竹峰、前掲書、一三一頁。

（27） https://www.youtube.com/watch?v=YnnjHqSNgEo&t=20s

（28） https://www.kathyjetnilkijiner.com/my-rosy-cousin-wins-3rd-place-in-uh-poetry-contest/

（29） Waddell, Eric, Vijay Naidu and Epeli Hau'ofa, eds., *A New Oceania: Rediscovering our Sea of Islands*, University of the South Pacific, School of Social and Economic Development, 1993, pp. 2–16.

（30） Hau'ofa, Epeli, We are the Ocean: Selected Works, University of Hawai'i Press, 2008.

（31） https://www.kathyjetnilkijiner.com/memories-in-translation/

（32） https://www.kathyjetnilkijiner.com/lavender-saltwater-a-poem/

（33） https://www.kathyjetnilkijiner.com/theres-a-journalist-here/

（34）エマニュエル・レヴィナス『倫理と無限』西山雄二訳、ちくま学芸文庫、二〇一〇年。

（35） d'Eaubonne, Françoise, *Le Féminisme ou la mort*, Pierre Horay, 1974.

（36）エコフェミニズムは、日本では一九八〇年代に青木やよひによって紹介された。イヴァン・イリイチ流の女性原理派のエコフェミニズム論を展開した青木に対して、社会学者の上野千鶴子は「女性原理の称賛は女性差別を固定する」として批判した。青木やよひ『フェミニズムとエコロジー（増補新版）』新評論、一九九四年。上野千鶴子『女は世界を救えるか』勁草書房、一九八六年。

（37）アイリーン・ダイアモンド、グロリア・フェマン・オレンスタイン『世界を織りなおす——エコフェミニズムの開花』奥田暁子・近藤和子訳、学藝書林、一九九四年、一八頁。

（38）この詩はジェトニル＝キジナーの公式ホームページに公開されている（https://350.org/rise-from-one-island-to-another/）。

（39）Faris, Jaimey Hamilton, "*Sisters of Ocean and Ice: On the Hydro-feminism of Kathy Jetñil-Kijiner and Aka Niviâna's 'Rise: From One Island to Another'*", Shima, vol.13, no. 2, 2019, pp. 76–99.「ハイドロ・フェミニズム」とは、人文環境学者でフェミニズム理論家のアストリダ・ネイマニスが提唱した概念である。フェミニズムはトランスナショナルで、資本主義さらには植民地主義に抵抗する連帯であるべきだとしたうえでネイマニスは、新たなフェミニズムは「種の横断transspecies」を可能とし、「肉体横断transcorporeal」的でなければならないと主張した。そのためにネイマニスが用いるのは、古代ギリシャの哲学者タレスが「水は万物の根源である」と述べたことを彷彿とさせる「水」のメタファーである。雲から雨水、雪、氷へと姿を変えながら水は世界を循環している。水は自然界をつなぐだけでなく、人体の六〇～八〇％を構成し、人間・非人間を問わず全ての地球上の物質を絶え間なく循環しているのだ。ネイマニスはこのような水の循環に着目し、「異なるものの間を抜けて、それを超えて流れる水」は、ガヤトリ・スピヴァクがかつて「惑星思考planetarity」と呼んだものと似て、「わたしたちであり、わたしたち以上のもの」のメタファーであると述べている。つまりハイドロ・フェミニズムは、「他なるものalterity」への認識をめぐる実践かつ倫理であるといえる。Neimanis, Astrida, Bodies of Water: Posthuman Feminist Phenomenology, Bloomsbury, 2017, p. 3, Neimanis, Astrida, "Hydrofeminism: Or, On Becoming a Body of Water", *Undutiful Daughters: Mobilizing Future Concepts, Bodies and Subjectivities in Feminist Thought and Practice, Henriette Gunkel*, Chrysanthi Nigianni, and Fanny Söderbäck eds., Palgrave Macmillan, 2012, p. 90を参照のこと。

（40）市川美亜子・小暮哲夫「大国の思惑通りにはならない　反旗をひるがえした人口5万の島国」『朝日新聞ＧＬＯＢＥ＋』二〇一七年八月六日、電子版。https://globe.asahi.com/article/11529905

(41) ヨハン・ガルトゥング『構造的暴力と平和』高柳先男・塩屋保・酒井由美子訳、中央大学出版部、一九九一年。
(42) Sharrad, Paul, "I magining the Pacific", *Meanjin* vol. 49, no. 4, 1990, pp. 597–606.
(43) Nixon, Rob, *Slow Violence and the Environmentalism of the Poor*, Harvard UP, 2011.p, 3.
(44) Thomas, Lean, *The Intersectional Environmentalist: How to Dismantle Systems of Oppression to Protect People + Planet*, Voracious, 2022, pp. 31–33.
(45) https://greenz.jp/2017/08/02/climate_change/
(46) ttps://greenz.jp/2017/08/02/climate_change/
(47) https://www.earthcompany.info/ja/blog/kathy_cop25/#5
(48) https://www.earthcompany.info/ja/blog/kathyjetnilkijiner_speech2018/
(49) 坂田雅子監督《故郷を追われて――核被害と温暖化のはざまを生きるマーシャルの人びと》二〇二一年。
(50) たとえば長崎出身の作家林京子は、連作「ギヤマン　ビードロ」のなかで、自らの被爆体験をもとに結婚や妊娠・出産に際して女性被爆者が抱える特有の苦悩や恐怖を描き出している。『祭りの場・ギヤマン　ビードロ』講談社、一九八八年、および『林京子全集』第一巻、日本図書センター、二〇〇五年。また二〇一九年には、長崎市の国立長崎原爆死没者追悼平和記念館において、女性被爆者たちの経験に焦点を当てた企画展が開催され、放射能の影響を考え出産に不安を抱いたことや子どもを亡くした悲しみ、原爆症の遺伝への恐怖など様々な体験を綴った手記が展示公開された。
(51) 大石又七『ビキニ事件の真実――いのちの岐路で』みすず書房、二〇〇三年。本書のなかで大石は「吹きつける白い灰を払いのけながら、六時間に及ぶ揚げ縄作業は続いた。この六時間は本当に怖かった。今でも思い出す。揚げ終わると、片付け作業もそこそこに、体やデッキに積もった灰だけ流して、一目散にその場を離れた」(二七頁)と記している。本書は Richard H. Minear 翻訳による英語版が出版されている。*The Day the Sun Rose in the West: Bikini, the Lucky Dragon, and I*, University of Hawai'i Press, 2011.

(52) 山本昭宏『原子力の精神史――〈核〉と日本の現在地』集英社新書、二〇二一年、一一六頁。

(53) 現代詩人会編『死の灰詩集』宝文館、一九五四年、一頁。

(54) 川村湊『原発と原爆――「核」の戦後精神史』河出ブックス、二〇一一年、三二～三三頁、および川村湊『南洋・樺太の日本文学』筑摩書房、一九九四年、一三八頁。しかし『死の灰詩集』には、ビキニ環礁の人びとへ想像力を及ぼした詩がないわけではない。その「例外的」といわれる作品に在日朝鮮人詩人の金時鐘による「南の島 知らざれる死に」がある。川口隆行によれば金のこの詩は、「『唯一の被爆国』という閉鎖空間が、今まさに形作られようとする状況に向けられた痛烈な批判」として読めるという。川口隆行『広島《ヒロシマ》 抗いの詩学――原爆文学と戦後文化運動』琥珀書房、二〇二二年、一五四頁参照。

(55) 川村、『原発と原爆』、三八頁。

(56) 近年、広島・長崎とともに、地球規模に広がる核被害を横断的に捉える「グローバルヒバクシャ」という概念が提唱されているが、ジェトニル＝キジナーの詩を読むことは、「唯一の被爆国」という意識を超えて、「周縁化されて埋もれている問題を結びつけ浮上」させると同時に、それぞれの地域で被害を訴える人びとの声を、「個別特殊な問題と切り分けるのでなく、空間を超え、地球規模で結びつける」実践にも通じているだろう。竹峰、前掲書、二七頁。

(57) 高橋博子『封印されたヒロシマ・ナガサキ――米核実験と民間防衛計画』新訂増補版、凱風社、二〇一二年、一六一頁。

(58) 高知県ビキニ水爆実験被災調査団編『もうひとつのビキニ事件――一〇〇〇隻をこえる被災船を追う』平和文化、二〇〇四年。ビキニ実験に遭遇した船員の被曝状況の調査は、一九八五年以降、高知県の高校教諭であった山下正寿が高校生らとともに調査をともに進めてきた。第五福竜丸以外の乗組員の被曝を裏付ける資料は存在しないと厚生労働省は説明してきたが、山下らの度重なる求めに応じ、六〇年の歳月を経た二〇一四年九月、五五六隻分の被曝を裏付ける資料が開示された（東京新聞、二〇一四年九月二九日）。南海放送ディレクターの伊東英朗によるドキュメンタリー映画『放射線を浴びたX年後』（二〇一二年）も参照のこと。

(59) ロベルト・ユンク『原子力帝国』山口祐弘訳、日本経済評論社、二〇一五年。
(60) ユンク、前掲書、一一頁。
(61) 山本昭宏『核エネルギー言説の戦後史一九四五―一九六〇――「被爆の記憶」と「原子力の夢」』、人文書院、二〇一二年、一五八頁。
(62) 同上、一六四頁。
(63) 津島佑子『夢の歌から』インプリント、二〇一六年、三七頁。
(64) 津島佑子『ヤマネコ・ドーム』講談社、二〇一三年。
(65) 津島佑子（聞き手：苅部直）「インタビュー『ヤマネコ・ドーム』――隠された戦後をたどり直す」「群像」第六八巻第七号、講談社、二〇一三年七月、一八二頁。
(66) 安藤礼二（文芸文庫版解説）、津島佑子『ヤマネコ・ドーム』講談社、二〇一七年、三四五頁。
(67) 津島佑子「私のヤマネコたち」「読書人の雑誌」講談社、第三八巻六号、二〇一三年、七～九頁。
(68) 石川真奈実「東日本大震災が暴いた「隠されたもの」：津島佑子『ヤマネコ・ドーム』を中心に」『超域文化科学紀要』二四号、二〇一九年、五四頁。
(69) 津島『夢の歌から』、三七～三八頁。
(70) 大石、前掲書、二三三～二五六頁。
(71) 前田哲男の著書に『非核太平洋　被爆太平洋――新編　棄民の群島』（筑摩書房、一九九一年）など、島田興生の著書に『ビキニ――マーシャル被爆者の証言』（JPU、一九七七年）、『還らざる楽園――ビキニ被曝四〇年　核に蝕まれて』（小学館、一九九四年）、豊崎博光の著書は前掲書のほか『グッドバイ　ロンゲラップ――放射能におおわれた島』（築地書館、一九八六年）などがある。
(72) 大川史織『なぜ戦争をえがくのか――戦争を知らない表現者たちの歴史実践』、みずき書林、二〇二一年、五頁。
(73) 大川編著、前掲書。

訳者あとがき

このあとがきを書きながら、詩を「投壜《とうびん》通信」に喩えたホロコーストの詩人パウル・ツェランの一節を思い出している。

詩は言葉の一形態であり、それゆえにその本質上対話的なものである以上、いつかはどこかの岸辺に——おそらくは心の岸辺に——流れつくという（かならずしもいつも希望にみちてはいない）信念の下に投げ込まれる投壜通信のようなものかもしれません。詩は、このような意味でも、途中にあるものです——何かをめざしています。

（パウル・ツェラン「ハンザ自由都市ブレーメン文学賞の際の挨拶」『パウル・ツェラン詩集』飯吉光夫編訳　小沢書店、一二六頁）

この一節に続けて、詩がめざすものを「語りかけ得る『きみ』」「語りかけ得る現実」であると述べたツェランは、それが彼よりももっと若い世代の詩人たちもが共有する関心事であり、詩を書くことは「現実に傷つきつつ現実を求めつつ、みずからの存在とともに言葉にむかって行く者の努力」なのだと語った。これはまさに、キャシー・ジェトニル＝キジナーによる詩の本質をあらわす言葉でもある。

初めて彼女の詩のパフォーマンスに触れたのは、二〇一八年十一月、オーストラリアのブリスベンで開催された第九回アジア・パシフィック現代美術トリエンナーレだった。「ジャキ」と呼ばれるマーシャル諸島の伝統的な敷物を詩人が編みながら、時空間を超えた女性たちの物語をひとり語りしてゆく"Lorro: Of Wings and Seas"と題されたパフォーマンスである。敷物を編む行為と物語を編む行為を寓意的に重ね、暗黒舞踏のような動きをも取り入れた深遠で美しい作品で、なかでも日本人の恋人を失ったマーシャル人女性が飛翔し、恋人の故郷の桜とともに島に戻ったという物語は、ひときわ印象的だった。このパフォーマンスに魅了され、詩集『開かれたかご』を手に取ったわたしは、詩人の言葉に導かれてマーシャル諸島を旅し、その地の人びとと出会った。それは、実際には訪れたことのない場所や、出会ったことのない人びとが近しい存在となる、すぐれた文学表現がもたらす不思議な体験とでも言うべきものだった。一篇一篇読み進むごとに、マーシャル諸島が経験してきた日米をはじめとする大国による植民地化、核実験、気候変動などが地続きの問題であり、現代の日本に生きるわたしもその連累のなかに生きていることを思わずにはいられなくなった。前述の日本人と恋に落ちた女性の物語は、日本がマーシャル諸島を南洋諸島として統治していた時代の物語であることものちに知った。こうして『開かれたかご』という投壜通信は、確かにわたしの心の岸辺に流れ着いた。

太平洋諸島文学の日本語への翻訳は数少なく、マーシャル諸島の文学作品の翻訳書も（わたしの知る限り）皆無である。近年、海外では太平洋諸島の作家らのアンソロジーも出版されているが、なかでもジェトニル＝キジナーはもっとも注目される表現者の一人である。日本にもこの新たな潮流を紹介するきっかけとして、『開かれたかご』を翻訳出版したいと思うようになった。パンデミックが世界を襲い、ウクライナで戦火が広がる最中、本書の翻訳作業は進んでいった。二十一世紀という時代にあって、人類はなお未曾有の感染症に翻弄され、戦争という蛮行を止める手段を持ち得ていないことへの無力感に支配された時、この詩集とともにあることは、それでも人は言葉によってつながることができるという希望に通じていた。

本書を翻訳する時間は、心に灯をともすような歓びに満ちたものだったが、そこに不安がなかったと言ったら嘘になる。詩人が朗踊する映像を観ながら、「スポークン・ワード」としての詩を文字に、さらには異言語の中へと閉じ込めることに、迷いが生じなかったわけではない。詩人の自由で伸びやかな、そして先鋭的で躍動するようなエネルギーに満ちた言葉と詩想を、十分に捉えて日本語に映しとることができたかと問われれば心許ない。また、詩を読むことやマーシャル諸島に馴染みのない読者の方々の道案内になればと付した詩の解説が、解釈の可能性を制限してしまうのではという懸念もある。だから、読者の皆様には、どうか訳者の解説にとらわれず、詩集の言葉を自由に楽しんで想像を広げていただきたいと願う。

訳者の力不足による様々な限界はあったとしても、本書をこのような形で世に送り出すことができたのは、たくさんの方々の支えがあったからにほかならない。まずは、日本語での翻訳出版をご快諾くださり、度重なる質問に応えてくださった詩人のキャシー・ジェトニル＝キジナーさんに、最大の感謝を捧げる。

そして、このプロジェクトを支えてくださった詩人と同世代の三人の素敵な女性たちにもお礼を申し上げたい。現地に住まい、映画を制作し、本を編み、マーシャル諸島との関係を育んでこられた大川史織さんには、本書に出てくるマーシャル語や文化を中心に、数え切れないほど多くのことを教えていただいた。大川さんが贈ってくださったかごをはじめとするマーシャル諸島の工芸品《アミモノ》は、大川さんの歴史実践をめぐる映画や本と共に、この翻訳を進めていく大きな力をわたしに与えてくれた。絵と言葉のアーティスト瀬尾夏美さんは、この詩集の世界観を見事に捉えた表紙の絵を描き下ろしてくださった。朝と夜があり、光と影があり、悲傷と希望をたたえた絵は、東日本大震災後、被災地の人びとと風景に寄り添い続けてきた瀬尾さんだからこその応答と表現である。そして、みすず書房の木本早耶さんが、企画の段階から刊行まで、骨の折れる編集の実務を担ってくださらなかったら、本書は今ここに存在していなかっただろう。前例の少ない、しかも詩という商業的利益が見込みづらい分野に理解を示し、本書の意義を見出してくださったこと、丁寧に辛抱強く愛とユーモアをもって仕事を進めてくださったことに深く感謝申し上げる。久保山愛吉さんの六八回目の命日にあたる二〇二二年九月二三日に、大川さん、瀬尾さん、木本さんらと東京の第五福竜丸展示館を訪れ、ひと時を共有した奇跡のような出来事を、わたしは生涯忘れることはないだろう。

翻訳にあたっては、先学から多くを学ばせていただいた。本書に収められた「伝えて」と「ねぇ、マタフェレ・ペイナム」においては、詩人で明治大学教授の管啓次郎先生が山形国際ドキュメンタリー映画祭のために訳された名訳があり、参考にさせていただいた。また、大阪大学教授の小杉世先生による、ジェトニル＝キジナーを中心としたマーシャル諸島文学をめぐるご研究からも大いなる示唆を得た。丹念に拙訳に目を通し、貴重なご助言をくださった西南学院大学名誉教授の久屋孝夫先生にも格別の感謝の意を伝えたい。

西南学院大学文学部英文学科の二二期と二三期のゼミ生のみなさん、コロナ禍で食事会やゼミ旅行など交流の機会はことごとく奪われてしまったけれど、この詩集の世界へ一緒に旅してくれてありがとう。そして、長年の親友かつ連合いとして、いつも寄り添い支えてくれるマーク・ジャスティン・レイニーにも心からの感謝を捧げる。

本書の翻訳は、日本学術振興会科学研究費補助金（基盤研究B課題番号一〇九四五七二と基盤研究C課題番号一〇六五五三四）による研究成果の一部である。また、本書の出版にあたっては、西南学院大学より二〇二二年度出版助成をいただいた。厚くお礼申し上げる。

この詩集があなたの心の岸辺へ流れ着くことを願って

二〇二三年一月

一谷　智子

著者略歴

(Kathy Jetñil-Kijiner)

詩人，アーティスト，環境活動家．1989 年，マーシャル諸島共和国生まれ．幼少期に両親とともにハワイへ移住．ミルズ・カレッジでクリエイティブ・ライティングの学士号，ハワイ大学マノア校で太平洋諸島研究の修士号を取得．2014 年の国連気候変動サミットで「ねぇ，マタフェレ・ペイナム」を朗読し，国際的評価を受けた．現在はマーシャル諸島を拠点に気候変動や核問題をテーマとした創作を行うと同時に，環境保全の NGO ジョージクムを立ち上げ，若者の芸術活動や環境教育に携わる．同国の環境省の気候変動特命大使も務めており，COP（国連気候変動枠組条約締約国会議）をはじめとする国際会議やイベント等に招致されている．日本でも講演会やワークショップを行い，「よこはまトリエンナーレ」「山形国際映画祭」などで映像作品を発表した．パフォーマンスの多くはオンライン上で公開されており，本書が初の単独詩集．共編書に *Indigenous Pacific Islander Eco-Literatures* (University of Hawai'i Press, 2022) がある．

訳者略歴

一谷智子〈いちたに・ともこ〉西南学院大学外国語学部外国語学科教授．専門は環境文学，核文学，オーストラリア文学．著書に『語られぬ他者の声を聴く――イギリス小説にみる〈平和〉を探し求める言葉たち』（共著，開文社出版，2021 年）『トランスパシフィック・エコクリティシズム――物語る海，響き合う言葉』（共編著，彩流社，2019）『架空の国に起きる不思議な戦争――戦場の傷とともに生きる兵士たち』（共著，開文社出版，2017）『エコクリティシズムの波を超えて――人新世の地球を生きる』（共著，音羽書房鶴見書店，2017 年），訳書にケイト・グレンヴィル『闇の河』（現代企画室，2015 年）など．

キャシー・ジェトニル゠キジナー
開かれたかご
マーシャル諸島の浜辺から
一谷智子訳

2023年 2月28日　第1刷発行

発行所 株式会社 みすず書房
〒113-0033 東京都文京区本郷2丁目20-7
電話 03-3814-0131(営業) 03-3815-9181(編集)
www.msz.co.jp

本文組版 キャップス
本文印刷所 理想社
扉・表紙・カバー印刷所 リヒトプランニング
製本所 誠製本
装丁 安藤剛史

ISBN 978-4-622-09589-7
[ひらかれたかご]